Bleu Line

どうにかなればいい

ナツ之えだまめ
Edamame Natsuno

JN287047

フルール文庫

本作品の内容はすべてフィクションです。
実在の人物、団体、事件などにはいっさい関係ありません。

Contents

イラストレーション／高崎ぽすこ

どうにかなればいい

門松が取れ、正月気分も抜けてきた頃。

「早川《はやかわ》ディスプレイ」社長代理、早川誠二《はやかわせいじ》は堤防下、川沿いの一方通行の道を運転していた。

廃車置き場の隣に、ひずんだ星か桜の花のような形の木の看板が現れる。熱帯のジャングルの濃い緑と、宇宙まで突き抜けそうな青と、とぷりと音がしそうな熱い太陽の黄で「ディスプレイオブジェ／デザイン工房オゴホゴ」と書いてあるその看板を目印に誠二はハンドルを切った。駐車場に根を張っている巨大な桜の木にこすらないように気をつけて、オゴホゴの所有する黒のワゴン車と白い軽トラックの隙間《すきま》に割り込むようにドイツ車をとめる。「オゴホゴ」とはインドネシアのお祭りには欠かせない、張りぼて人形を載せた神輿《みこし》だと桑原大介《くわはらだいすけ》に教えてもらったのはいつだっただろうか。

バックミラーでメタルフレームの眼鏡《めがね》の角度を確かめる。自分の顔を見るたびに、次期「早川ディスプレイ」社長としては決定的に貫禄《かんろく》のない女顔がいやになる。色白なせいで顎《あご》にあるごく小さなほくろが目立つ。髪や目の色もカラーリングやカラーコンタクトをしているのかという色の薄さだ。

「絶対に『うん』と言わせてみせる」

自分に言い聞かせるように口にすると、右側の助手席シート、コートの上に置いてある卓上時計に手を伸ばした。それは時計にしては奇妙な色と形をしていた。人の拳《こぶし》ほどの大きさでごつごつしており、色はアケビのようなくすんだ紫。デジタルの文字盤は「零玖伍肆《ぜろきゆうごよん》」となっている。大字《だいじ》と言われる漢字で数を表したもので、今のこれは〇九五四、すなわち九時五四分を示しているのだ。この、アケビ色の時計は早川がオゴホゴの主《あるじ》である桑原と出会うきっかけとなったものだ。もう十五年、時計は誠二に何度も握りしめられたせいでところどころ色が剝《は》げかかっている。それを手にする。そうすると表面からこの色と形の持つ原始的なエネルギーが自分の中に入り込んでくる気がした。

──うまく桑原大介を説得して仕事を受けてもらえますように。

祈る。離す。

それから書類を確認すると、誠二は車を降りる。コートは車の中に置いてきた。川からの風が吹きつけ身をすくめる。よく磨き抜かれた靴が駐車場の不揃《ふぞろ》いな砂利を踏みしめた。誠二は、桜の大木の倍ほどの高さの工房を見上げる。鉄工所をリフォームした工房オゴホゴの外観は無骨だ。明るい灰色のスレート波板の壁。駐車場に面して左端と右端には手前に開くドアがあり、それぞれ台所と事務所に通じている。さらにふたつのドアのちょうど真ん中には、搬入出用に両側にスライドする扉があった。あけるときには大のおとなが渾身《こんしん》の力を込めなくてはならない、大扉だ。明るいオレンジで塗られているその扉は、今はしっかりと閉じられている。

誠二は右の、事務所に通じるドアをあけた。

ノートパソコンへの入力作業をしていた経理と営業を兼任している篠崎《しのざき》が、三つ揃いを着た誠二を見て驚いていた。

「誠二さん、スーツなんですね」

「あ、うん」

「初めて見ます」

そういえばそうだ。

工房は誠二の家から近く、しょっちゅう遊びに来ていたが、誠二がオゴホゴを訪れるのは休日だったので私服か、下手《へた》をするとジャージだった。今日は仕事で来たのでスーツを着用している。

篠崎はいつものようにつなぎを着ていた。彼は椅子から立ち上がると近寄ってきてしげしげと誠二を見る。そばかすの目立つ篠崎は、猫背なために実際よりも小柄に見えた。

リノリウム床の事務所は八畳ほどの広さで、左手のドアは作業場に通じている。正面に設置されたホワイトボードには工房のメンバー三人――桑原、篠崎、小野口《おのぐち》――各々《おのおの》の作業工程が詳細に書き込まれていた。ロッカーとファイルキャビネットが右手に備え付けられ、部屋の真ん中には大きめの会議机が置かれている。会議机の両側には椅子が三脚ずつ、入れ込まれていた。

「なんだか照れるな」

「いえ、見慣れなかっただけで。お似合いですよ」

そう言いながらも篠崎は額に皺《しわ》を寄せている。早川ディスプレイは現在工房オゴホゴに仕事を依頼している。そちらに何かあったかと考えているのだろう。

「『秘密の森の美術展』に出す『虹色フクロウ』の進捗状況を視察に来られたんですか？　今のところ、順調ですけど」

「秘密の森の美術展」とは、「秘密の森にいる動物たち」というテーマで三月中旬から四月はじめにかけて都内の美術館で開催される、小規模アトリエ中心の現代アート展だ。大手新聞社が主催、系列メディアが後援、早川ディスプレイは企画協力となっているが、実際の運営はほぼ早川ディスプレイに一任されていた。この美術展では二十のアトリエが各自指定された動物を制作する。工房オゴホゴは順路でいうと最後となる「森の賢者・虹色フクロウ」を担当することになっていた。

工房オゴホゴから早川ディスプレイに提出された仕様書によると「虹色フクロウ」は全長百十二センチメートル、翼は閉じた状態で幅七十三センチ、開くと二メートル十センチとある。実際のシマフクロウを基本としつつも、ハート型の羽毛に覆われた顔はユーモラスな表情変化をし、濃褐色の翼を広げると羽裏は虹色に輝く。実際は、光の角度によって五種類の色を発する「イルミナージ」という分光性特殊塗料を十八種類使い分けて、虹の色のつらなりを表現する。フクロウが翼を広げる瞬間は、さながら、地味な表地の裏に紅絹《もみ》をあしらった羽織がはためいたかのように、鮮烈な印象を与えることだろう。

「フクロウは進行表どおりですけど。何か？」

「いや、別件なんだ。桑原さんは？　作業場のほうかな？」

「ええ、すみません。誠二さんが来ることは伝えてあったんですけど、今、ちょっと立て込んでいて。声をかけてみてくれますか？」

「わかった」

誠二が桑原大介と出会ったのはまだ眼鏡をしていない、中学一年生の秋だった。

その半年前、四歳年上の兄が亡くなった。珍しく家にいた父親が兄を少し離れたテニスの大会会場まで送っていく途中、交差点で信号を無視して突進してきた大型ダンプに左から激突されたのだ。車は大破。兄は即死。父は今でも後遺症で左足が不自由だ。

その事故が起きる一瞬前まで、誠二は第一志望の中高一貫校に合格したし、兄はテニスの選手に選ばれて、春で、暖かくて、庭のコブシや桜が次々と咲いて、早川家は柔らかな光に包まれていた。あの光はきっと満ち足りた幸福のヴェールだったのだろう。それが急な寒の戻りが来たかのように、いや、いっそ明けない夜が来たかのように引き剥がされ、自分たちは底のない暗い穴に叩《たた》き込まれた。

いくらなんでもこれはないだろう。そう思った。いきなりこんなやり方はないだろう。これは何かの間違いなんだ。

人は無意識のうちに未来を予想しているものだ。兄が会社を継ぎ、自分は好きな映画に関連した仕事に就《つ》けたらいいなとぼんやりと願っていた。だが、兄がいなくなってすべてが変わってしまった。誠二が会社を継ぐことを両親が期待するようになり、それを振り切ることは五百人規模の会社の根底を揺るがすことだと知ったとき、誠二はほかの道をあきらめ、会社を継ぐことを受け入れた。

なんでこんなことになったんだろう。

家にいるとたとえば、食卓につくとき無意識に空《あ》けてしまう兄の分のスペースとか、出てきた卵焼きが兄の好物だったとか、こんな晴れた日にはきっとテニスの練習が入っていたのにとか、家族三人ともが考えているのがわかってしまって、それが重くのしかかった。息苦しい空気によって自分の周囲の色が奪われ、褪《あ》せているように感じられた。

休日。家から逃げるみたいにして「学校の図書館に行く」と言い置いて、制服で家を出た。電車の中で、また考えてみる。どうしてこんなことになったんだろう。神様というものがいるとしたら、あまりにひどいんじゃないだろうか。兄が、僕たちが、何をしたというんだ。

銀杏《いちょう》並木を抜けていくと、学校近くの美術大学が学園祭を催《もよお》していた。人混みに紛れるように中に入ってみる。模擬店から食べ物の匂いがしていたが、そういうところで食べてはいけないと母から言い聞かせられていたので、素通りした。

どんどん歩いて行くと、校舎にコの字型に囲まれた中庭に出た。表のにぎわいと打って変わって、まるで休眠しているみたいに人がいない。ブルーシートが何枚も敷かれている。一枚ごとに主《あるじ》がいて並べているものが違っている。学生のフリーマーケットコーナーらしかった。こんなに人がいなくてもみんなあまり気にしていないふうだった。まるで昼寝に来たみたいにのんびりしている。

通り過ぎようとして、ふと、とあるスペースの前で足が止まった。そのスペースだけはブルーシートではなくござだった。それが珍しかったわけではない。不思議だったのは……。

――なんでこんなに、ここだけ鮮やかなんだろう。

周囲を見回してみる。やはり褪せている。それなのに、ここは。ここだけは。こんなにも色彩に溢《あふ》れている。

誠二はしゃがみ込んだ。

ござの上のものをしげしげと見る。海岸に打ち上げられた藻のような深い緑をした写真立てや、まじない師が使いそうなくすんだ灰色に青い小さな文様が描かれたランプとか、食虫植物の粘いところを寄せ集めたような半透明のアクセサリーとか。

中でも誠二が心惹《ひ》かれたのは、拳ほどの大きさのものだった。家でいつか食べたことがあるアケビみたいな、くすんだ紫色をしている。

「なに、これ」

「おう。いい色と形だろ」

そこにいた男はひょいとそれを掴《つか》んで誠二の手に載せてくれた。

それはかすかに震えている気がした。生きているんじゃないかと思った。

表面にあった漢字がかちゃりと切り替わり、驚きのあまり手放しそうになる。男がその大きな手で自分の手を包んで落とすのを回避してくれた。

「驚かなくてもいい。時計なんだ、それは」

男がその漢字は「大字《だいじ》」といって数字を示していると説明してくれた。

そのとき、校舎のわずかな隙間から太陽が、ちょっとした恵みというように細い光を投げかけてきた。スポットライトがここに当たったようだった。誠二は改めて男を見た。

「あ」

「どうした?」

「ううん……」

眩《まぶ》しげに目を細めた男の肌は浅黒く、真っ黒な髪を伸ばしていた。無精髭《ぶしょうひげ》を生やして、左耳に輪になったピアスをふたつ、嵌《は》めていた。長髪も髭もピアスも誠二の学校では禁止されているし、したいと思ったこともない。それなのに、この男にはとてもよく似合っていた。かっこいいな、と素直に思った。

わざとか、たまたまなのか。明るい色の塗料がダンガリーのシャツに散り、ジーン

ズにはところどころほころびがある。着る人によってはみすぼらしくなりそうなのに、男にうらぶれた感じはどこにもなく、この手の中の時計同様、うるさいほどの生命力に満ちあふれていた。

「今ならいいぜ。三万円で」

そう言われたので、考えを巡らす。家に帰れば入学祝いがまだそのままになっていて、全部合わせればそのくらいになったはずだ。誠二はぎゅっと時計を掴んだまま、言った。

「家に帰って取ってくるから。だから待ってて」

男は驚いたようだった。

「おいおい、冗談だよ。子供からそんな大金取れねえって」

「子供じゃない。中学生だから」

「中学生は充分子供だよ。うーん、そうだな。三百円でいい」

いきなり二桁減ったその時計を、誠二はためらわずに買うことにした。百円玉を三つ、男の手に渡し、それは誠二のものになった。

「なんだか、何かの卵みたい」

手のうちで震えているような、中から何か生まれ出てきそうな。

「かもな」

「嘘《うそ》」

　にやっと男が笑う。

「わかんねえだろ、そんなの。生まれたら見せに来いよ。俺はここの大学のデザイン科にいるからさ」

「でも、お兄さんの名前を知らないよ」

「もっともだな」

　そう言うと彼は葉書大の紙を手渡してくれた。この紙は自分で作ったのだろうか。金や赤や黄色の繊維が漉《す》き込まれていて「桑原大介」と大きく筆で書いてある。

「くわはら、だいすけ？」

「よく読めました」

「このぐらい……」

　読めるのは、当たり前だ。

「また来いよな。坊主」

　そう言うと彼は自分の頭を撫《な》でてくれた。

「坊主じゃないよ。早川誠二」

「誠二か。いい名前だな。お、そうそう。今度近くの公民館で切り絵のワークショップやるんだよ。おまえも来いよ」

彼は、さらにチラシも押しつけてきた。

「うん。行こうかな」

そう言って立ち上がる。

「あれ……？」

さっきまで色が失われていた周囲なのに、まるで桑原大介のいる、このござの上から滲《にじ》み出したように、色づき始めていた。

「ああ……」

変わらないんだ。そのとき誠二は、まだ幼さの残る心で受け止めた。

兄がいなくなっても、そしてきっといつか自分がいなくなっても、世界は変わらず、賑《にぎ》やかで色彩に満ちあふれているんだ。

それは残酷で優しい事実だった。

それまで誠二は、世界は自分の誕生とともに生まれ、死とともに崩壊する気がしていた。その神話が崩れ落ち、誠二はちょっとだけ、おとなになった。そしてほんの少し、肩の力が抜け、生きやすくなった。

結局。あの時計から未知の生き物が出てくることはなかったのだけれど。それは誠二の宝物になった。

桑原は案外まめな男で、ワークショップや個展を開くたびに招待状を送ってくれた。高校生になった誠二が携帯を買ってもらったとき、最初に登録したのは桑原のアパートの電話番号だった。誠二が第一志望の大学の建築科に合格したその年に、桑原は大学の後輩である篠崎や小野口と一緒にディスプレイオブジェ制作を中心とした工房オゴホゴを立ち上げた。この工房が偶然にも誠二の自宅近くだったために、誠二はオゴホゴに熱心に通うようになったのだ。たいていは黙って制作現場を見ているか、事務所で自分の勉強をしているかだったが、この工房からオブジェが作り出されていくところを見るだけでも満たされた。

「そんなに好きならここに就職したらどうですか?」と篠崎に言われたことがある。以前、桑原にも同じようにからかわれた。そうしたいのは山々だ。だが、そのためにはたくさんの人の生活を犠牲にしなくてはならない。「無理」としょんぼり答えた誠二に篠崎が慌てて「あ、すみません。冗談なんですよ。そんなわけにはいきませんよね」となだめてきた。それくらい悲しげな顔をしていたのだろう。

オゴホゴのデザインは徐々に注目されるようになってきている。今が勝負どきなのは桑原とてわかっていると思う。

誠二は二十八歳。去年、父親の跡を継ぐことを前提として「社長代理」の肩書きをもらった。自由に動ける今のうちに、この工房と強い繋《つな》がりを持ちたい。

桑原の作るものは生き生きとしていた。そしてどこか不気味で、そのくせ明るかった。その色と形が、自分の代の「早川ディスプレイ」に欲しい。

たとえば、そう。いつか、彼のデザインでショッピングモールを作ったとしたら。きっと賑やかな巣みたいになる。みんなが持っている心の隙間を埋められるような、そんな空間になることだろう。

「作業場はケーブル這《は》ってるんで気をつけて下さいね」

篠崎の注意に送られて、誠二は事務所から作業場に続くドアをあけた。

そこには、大型の観光バスが十台ほど楽にとまれるくらいの空間が広がっていた。

ここに足を踏み入れると、高校まで通っていた学校の古い図書館、もしくは建築学科の資料で見たゴシック様式の教会内部を思い出す。どうしてかいつも、厳粛な気持ちになる。

ほの暗い作業場の中、溶剤や鉄板や紙や木や竹や……オブジェの材料になるものたち各々と、高窓から差し込む日に輝くこの工房の埃《ほこり》の粒子とが混ざり合い、生き物めいた匂いを醸《かも》している。

作業場の内壁には工房の主《あるじ》、桑原大介の手による絵が描かれていた。誠二から見て左、今は閉じているオレンジ色の大扉上にはちょうど搬入口に覆い被《かぶ》さるようにして、天井いっぱいまで魔王が描かれている。彼は大きな山羊《やぎ》の角と、カラスのように青みがかった黒い羽を持ち、砂色の貫頭衣を纏《まと》っていた。顎髭を垂らして、尖《とが》った両耳には大きな金の輪。彼は笑っている。牙を見せて楽しそうに。どうやって人間を驚かせようかと企《たくら》んでいるかのように。

魔王の指先からは稲光が放たれている。それは天井を走り巨大な換気扇の向こうで溶接場にぶつかって火花を散らし、果てに虹となって床に降り注ぐ。魔王の力で起き上がった怪獣やらロボットやらが壁を行進している。

作業場一階からは階段が、桑原の自室である二階へと伸びていた。その鉄の階段は鮮やかな黄色に塗られ、手すりには細い緑の蔓草《つるくさ》が巻きつくように描き込まれている。

階段の反対の壁は一面棚で、工具や材料がきちんと整頓されていた。

作業場には「虹色フクロウ」の骨組みだけがあり、つなぎ姿の桑原と小野口は銅板を木槌《きづち》で叩いていた。その音がリズミカルに響いている。

髪にウェーブがかかって赤く染めているのが小野口だ。そして、もう一人のほうが……――

「桑原さん！」

誠二が声をかけると、桑原は立ち上がり振り向いた。

「あ？　誠二？」

背が高い。自分と十センチ違って百八十五センチある。歳《とし》は今年で三十五。長い黒髪を飾り紐《ひも》でぞんざいに後ろでまとめ、頭にはタオルを巻いていた。肌は浅黒く、左の耳には相変わらず、輪になったピアスがふたつ嵌まっている。インディオみたいだといつも誠二は思う。

「悪い、小野口。ちょい休憩」

「うぃっす」

桑原は誠二に近づいてくると、軍手を脱いでわしわしと頭を撫でてきた。出会ったときは確かに自分は中学生だったかもしれないが、今はもうおとななのだ。子供扱いは勘弁して欲しい。髪が乱れる。

「誠二。どうしたんだよ。随分とぱりっとしたカッコしてんじゃねえか。それになんだよ、『桑原さん』って。くすぐってえだろ。いいよ、いつもどおり大介で」

誠二は桑原の手をのけて表情を引き締める。

「なんで断った？　うちの仕事を」

「ああ、あれな。高速のパーキングエリア内装」

「そうだ」

実際に打診したのは営業だが、二言で断られたと聞いた。

「いや、だってよ」

桑原は肩をすくめる。

「うちとかさ、どう考えても違うだろ」

「大介！」

なんでだ。スケジュールに無理はないし、金銭面でもいい話のはずだ。きっと桑原は受けてくれると思っていたのに。

「おう。ココア入れてやるよ。好きだろ、甘いの。台所で話そうぜ」

桑原は頭のタオルを取ると誠二の背を軽く叩いて促した。

作業場に貼《は》りつくように倉庫が隣接している。その一角に切り込んだような形で、靴を履いたまま入れる台所兼食堂があった。

「牛乳、まだあったよな」

そう言いながら桑原が冷蔵庫から牛乳を、棚からココアの箱を出す。

桑原たちが使い勝手を重視してリフォームしたため、台所の壁には調味料の棚があり、鍋がフックからぶら下がっていて、レストランの厨房《ちゅうぼう》のようだった。

土間にある小さな丸テーブルに椅子は四脚。すべて桑原の手作りで、ひとつひとつ形が違う。誠二の椅子は簡素な、背もたれのないものだが、脚が凝っている。誠二がフランス映画が好きだと言ったからだろう、バスタブの猫足みたいな形になっているのだ。その、自分の椅子に腰掛けてココアを待つあいだに、がたつくテーブルの上に依頼書を置いた。

桑原は、おおざっぱなようでいて繊細にものを作る。ココアを作るときもまずココアの粉と砂糖にほんの少しの牛乳を加え、小さな泡立て器で粉だま一粒残さぬようペースト状にしてから、弱火にかけて牛乳を足していく。入念に温度のタイミングを見計らい、最初のぷつりという音が立つか立たないかのうちに火から下ろす。

桑原が工房を立ち上げた頃に手すさびで焼いたという、きめの粗い、厚みのあるカップにココアを注いでくれた。ダークレッドに金色で文字とも文様ともつかない模様が描いてある。これに入れると、ココアが滋養抜群の魔法の飲み物のように見える。

桑原は鍋を洗っている。猫舌の誠二のために早めに火から下ろしたココアは誠二好みの熱さで濃さで甘さだった。こくりと飲んでから、依頼書を汚すのをおそれてカップをテーブルに置かず手に持ったまま、訊《たず》ねる。

「なんでパーキングエリアの仕事を受けてくれない」

「だっておまえ、うちの仕事じゃないだろ。あれは」

「うちの仕事じゃないってなんだよ。工房だろ、ここ」

「そうだけど、まだ力不足なんだ。うちに頼むよりおまえの会社のそっち部門に頼めよ。それが筋だろ」

「筋って」

鍋を壁にかけると桑原は誠二の向かいの椅子に座った。彼の椅子には背もたれがある。

「あんだろ、どこか。おまえんとこ、関連会社入れると五百人超えてるんだから。それに比べてうちは三人だぞ」

そう言って桑原は誠二の眼鏡の真ん前に指を三本突き出した。節の目立つ男っぽい指。

「人数なんて関係ない。『虹色フクロウ』は受けてくれたじゃないか」

「『虹色フクロウ』はいいんだよ。あの美術展は、小アトリエ中心だ。口幅ったいようだけど、おまえのところが企画協力じゃなくてもうちは選ばれてただろうな。でも、今回のこれは違う。ディスプレイデザイン賞を取っているとか海外で実績を積んでいるとか、そういう会社の仕事だ。おまえが俺の作るもんを認めてくれてるのは知ってるし、ありがたいと思ってる。でも、だからこそ目が曇ってるんじゃねえのか?」

「そんなことはない」

「あるよ」

桑原は物わかりの悪い生徒に公式を説明するかのようだった。

「あのな。おまえがそう思わなくても世間じゃ『なんでここが』ってなるんだよ。社内でも反対されるぞ?」

「オゴホゴの仕事を見たらわかってもらえるはずだ。俺は、オゴホゴに大きくなって欲しいんだ」

「おまえの力を借りて大きくなっても意味ねえよ」

軽く口にするが、彼の言葉には決して翻《ひるがえ》らない確かさがあった。さながら硬い岩に

指を立てているような頑《かたく》なさだ。

「なんでだよ。同じだろ、結果的には」

「同じなもんか。いいか。会社が会社と契約するってことはその時点で対等じゃないと無理なんだ。片方がもう一方を大きくしてやるとか引き立ててやるとか、そんな関係じゃどこかで破綻する」

「そんな……」

言いつのろうとした誠二を桑原は遮《さえぎ》った。

「今のオゴホゴでは受けられない。このパーキングエリアの件はあきらめろ」

もう時間がない。父にかわって社長職を継ぐのは今年の六月と内々に決まっている。それまでにこの工房と密接な関係を築いておきたい。社長に就任してしまえば、こうしてここに来てこの男を説得する時間さえ取れるかどうかわからない。

「あきらめられない」

「頑固なやつだな」

桑原はあきれたように言う。頑固？　どっちがだ。

「まあ、そういうことだ。わりぃな」

彼は椅子から立つと台所の隅の棚から煙草《たばこ》とライターを取って、駐車場に出るドアをあけた。この外に喫煙所があるのだ。行きかけた桑原が振り向いた。にやっと笑う。

「おまえの三つ揃い、似合ってるぜ。さすがは未来の社長様だ」

そのまま出て行く。

見事に玉砕だ。とりつく島がない。少しの可能性も感じられない。

桑原が手にとってもくれなかった依頼書がテーブルの上にある。両手でカップを持ち、甘いココアを飲みながら、苦みを感じている。

桑原大介のあの色と形が欲しいのに。自分の代の「早川ディスプレイ」に。


自宅に帰って策を練る。

「うん」と言ってくれないなら?

それでもどうしても、あきらめられないのなら?

そうしたら、向こうが「いい」と言うまで粘るまでだ。

自分が本気であることを、どうしたら桑原にわかってもらえるのだろう。真剣に考えた。その末に出した答えはいつも近くで言い続ける。これだった。

——オゴホゴに泊まり込む。

荷物をまとめ始めた。畳の上で、海外出張したときに買ったスーツケースをあける。箪笥《たんす》からスーツやシャツ、ネクタイを引っ張り出し、詰めていく。あとはノートパソコンと携帯電話があればなんとかなるだろう。

「あら、あらあら」

ふすまをあけられた。いつものように着物に割烹着《かっぽうぎ》姿の母親が、戸惑っている。

「誠二さん、なにしてるの。どうするの」

「しばらくの間、『工房オゴホゴ』に泊まり込みます。向こうからいい答えが返ってくるまで帰りません。携帯は持って行くので、何かあったら電話して下さい」

「え。ちょっと待って。どういうこと。お父様にはなんて言ったら。誠二さん」

もう深夜。工房オゴホゴの事務所ドアは鍵《かぎ》が閉まっていた。桑原の携帯を鳴らしても出ない。桑原は携帯無精だ。特に、何かを作っているときには聞こえていないんじゃないかと思うほど、徹底的に無視をする。

舌打ちするとがんがんと搬入口の大扉を叩いた。中では盛大な音が響いているだろう。しばらく待っていると事務所から桑原が顔を出した。

「なんだ、誰だよ？」

彼はまだ仕事をしていたのか、つなぎを着ていた。

「……え、誠二？」

誠二は素早くドアを押さえると、スーツケースごとドアの内側に身をすべらす。

「何。どうした？」

「今日からここに泊まる」

「はあ？」

作業場に繋がるドアを押しあける。

「おまえが『うん』と言うまで、オゴホゴで暮らす」

「何言ってんだ。だいたい、仕事はどうすんだ。おまえ、社長代理だろうが」

「ここから通うから問題ない」

「こっちは大問題なんだよ。帰れ！」

びくっと身をすくめる。いつになく厳しい声だった。だが、誠二も負けていなかった。

「いやだ。帰らない！」

「おまえ……」

桑原がひるむ。その隙をついて誠二はスーツケースを手に作業場を横切り、桑原の部屋に続く黄色い階段を上《のぼ》り始めた。

「おい。おいってば」

「大介の部屋を使わせてもらう」

「ちょっと待てって」

階段を上がりきると部屋のドアをあけた。倉庫の上にあたる桑原の部屋は、小型船舶のキャビンのようにコンパクトにまとまっている。

部屋は誠二から見て左右に長い十畳ほどの大きさで、正面にベランダがある。誠二の右側にデスク、真ん中に大きなベッド、ベッドとベランダの間にはどちら側からも収納可能な天井まである作りつけの棚がある。左はミニキッチンとトイレとシャワーで、水回りがまとめられていた。何度かこの部屋には入ったことがある。勝手知ったるとばかりに棚奥のハンガーに自分のスーツを吊《つる》しだした。

「おまえ……」

桑原はドア口にもたれかかって溜息《ためいき》をついた。

「おまえなあ。メチャクチャだぞ、やってることが。言っておくが、どれだけ居座られても、俺の出す答えは変わらないからな」

「やってみなくちゃわからないだろ」

「メシは？」

「え」

聞かれて戸惑う。

「メシは喰《く》ったのか？　俺はもう済ませたから、おまえは近所のコンビニで仕入れるなり下の台所で作るなりしてくれ。ベッドを使っていい。俺は寝袋で寝るから」

「そんな。悪いよ」

「だったら帰れ」

「いやだ」

ぷいと横を向く。今朝方、桑原に頭を撫でられたときには不満だったくせに、ついこんな子供じみた真似《まね》をしてしまう。

ノートパソコンを持ってきたので、桑原のデスクを借りて仕事をした。デスクには仕事で使うのであろうヘラやカッターがマグカップに立てられ、作りかけの原型制作粘土がある。それらを弄《いじ》らないように注意した。

シャワーを浴び、スウェットに着替えて、ベッドに横たわる。

誠二は寝返りを打つ。そういえば、自分はけっこう人の匂いが苦手なほうなのだ。

友人たちはハンバーガーショップに入ったときに互いにバンズを齧《かじ》りあっていたけれど、他人の唾液が口に入ると思うだけで誠二には無理だった。出張先のホテルでも、先客の匂いが残っていたら部屋を替えてもらう。そんな自分なのに。

このベッドには桑原の匂いが残っている。それがあまりいやではないのは、むしろどこか浮かれているのはどうしてなんだろう。

桑原はまだ仕事をしている。かすかに電気工具の音が聞こえてくる。最近は随分と忙しそうだ。

桑原が何かを作っている。きっと、楽しいもの。不気味なもの。あのアケビ色の時計のような。それが階段を上り、ここにまでやってきそうな、そんな気がした。とんとんとん。軽やかに駆け上がり、ドアの隙間から忍び込み、毛布の端に手をかけ身体《からだ》を揺する。遊びませんか。とんとんとん。

遊びませんよ。眠いんです。

薄く目をあける。誰かいる。かすかに漂う煙草の匂い。桑原か？

誠二は半分眠った状態のまま、問いかける。

「……大介……？」

そっと桑原の指先が、自分の頬に触れる。顎のほくろを彼の指が這う。

その動きは、いつもの頭を撫でるやり方とは違っていて、誠二の深い部分を震わせた。

「……ん……？」

なんで、そんな触れ方をする。

朝、目を覚ますともう桑原はいない。寝袋が畳まれてあった。スウェットのまま、寒さに身を震わせながら黄色の階段を下りていく。そのときにちょうど搬入口上に描かれた魔王と、目が合った。

——これから起こる楽しいことを見てごらん。

そんな顔をしている。

（似てるよな。大介に）

この魔王は、桑原にそっくりだ。もっとも、桑原はこの魔王みたいな誘惑に満ちた「悪い」顔はしないけれど。桑原はおとなで、いつも最終的には自分のわがままを受け止めてくれる。

「おーい。誠二！　メシ、喰うか？」

階段下から桑原が自分を呼んでいる。

「あ、うん」

「オニオンスライスは平気か？」

「食べられる」

台所に入ると、ストーブがついていて暖かくてほっとする。つなぎに生成り麻のエプロンを着けた桑原がガスコンロで鍋をかき混ぜ、やはりつなぎ姿の篠崎と小野口が丸テーブルについていた。

「おはようございます」

彼らに頭を下げる。二人が何も聞かないところを見ると、桑原が彼らに誠二のことを説明したのだろう。

小さな窓から朝日が差し込んでいる。テーブルの上に山ほどパンケーキが積み上げられ、一人一枚ずつ皿が配られる。オニオンスライスとゆで卵がテーブル上の大皿に盛られ、マヨネーズと黒胡椒《こしょう》の容れ物が隣にあった。オイルサーディンの缶詰があけられ、木の匙《さじ》を添えた浅い皿にスープをよそって渡される。皿はココアのカップと同じ色と模様だった。

「誠二さん、夕べはよく眠れました？」

篠崎が訊ねてくる。

「あ。おかげさまで。ベッドを譲ってもらったから」

「ずっと言ってましたもんね。一緒に仕事をしたいって」

篠崎が懐かしむように言った。

「はい」

自分が社長になったら桑原に仕事を頼みたいという誠二の言葉に、いつも桑原は
「気軽にそんなことを言うもんじゃない」とたしなめてきた。

パンケーキにオイルサーディンとオニオンスライスを載せ、マヨネーズと黒胡椒を
かけるとふたつに折って齧り付いた。

「おいしい」

もぐもぐと口を動かしながら言う。夕べは近所のコンビニで弁当を買って食べた。

それに比べると豪勢だ。

「いつもちゃんとごはん作ってて、皆さん、まめですよね」

三食ほとんどを、かなり忙しいときでもオゴホゴでは自炊している。偉いなと、心
からそう思って言ったのだが、メンバー三人は顔を見合わせていた。

「あのさ、誠二さん。コンビニ飯、二週間、ぶっ続けで喰ったことってある？」

小野口が言った。

「え。それはないです」

誠二は今まで実家から出たことがない。昼は社食だが、朝晩は料理上手な母の手料理を食べている。

「そうなんだ……。幸せだよね……」

篠崎は当時を思い出したのか遠い目をして続ける。

「コンビニ弁当って最初はいいんだよね。おいしいんだけど。おいしいはずなんだけど。あきるんだよね。なんだろう、たとえまずくても自分で作ったほうがましだって気持ちになってきて。家庭の味に餓えるっていうか」

「すさむっすよね」

小野口が同感というようにうなずいている。篠崎が説明する。

「そういうわけで、手の空いている人が作ることになったんですよ。一応野菜も肉も魚もまんべんなく食べようねって感じで」

「たまに外に七輪出してダッチオーブンで焼き野菜したり、網で焼き肉したり。前はパン焼いたりしてたんだけど、最近はさすがに無理っすね」

冷ましたスープを口にしながら誠二は納得していた。

「そうですね。皆さん、お仕事、お忙しそうですものね」

「まあ、あとがないですからねえ」

篠崎の言葉が引っかかった。

「あとが、ない？」

どういう意味だろう？

誠二は首をかしげて篠崎を見る。篠崎は救いを求めるように隣に座っている桑原を見た。彼は肩をすくめた。

「うちみたいな工房では、納期に遅れたらそれまでだからな」

「それはそうだろうけど……」

「あ、そういえば」

小野口がおかしそうに言う。

「昔、二階の桑原さんの部屋で米に虫がついたことがありましたね。ほら、夏に。完全に存在を忘れてて」

虫？　自分が寝ていたあの部屋で？

「ど、どんな虫？」

虫関係は得意なほうではない。校外学習で蝉《せみ》が顔にとまって啼《な》きだしたときには気を失いそうになった。

「どんなってちっちゃいの。果ては蛾《が》になってましたよ」

掃除だ。掃除をしよう。そんなのは耐えられない。

「大丈夫だって。今は食料置いてないから」

にやっと笑って桑原は、自分の皿を手にスープをおかわりしに行く。彼の皿は深い。誠二は桑原が自分にだけ浅めの皿にスープを注いでくれたことに気がつく。猫舌を慮《おもんぱか》ってくれたのだろう。

丸テーブルに帰ってきた桑原が聞いてきた。

「誠二ってまだ誕生日きてないよな。ってことは、二十八か？」

「うん、そう」

「ふーん」

「何？」

「いやあ、自分が二十八のときってどうだったかなって思って。工房がまだ全然のときだよな」

七年前。工房はほとんど機能していなかったと聞いている。

誠二が遊びに来てもいつも暇そうにしていたし、小さな仕事も多かったように思う。

なんでこの工房の作るものが売れないのだと当時の自分は悔しかったものだ。でも、桑原たちは悠然としていた。笑って、どんな仕事でもなおざりにせず、仕上げていた。四年前、オゴホゴがコンペに出したアミューズメントパークの内装アイデアが採用された。それが業界誌に載るほど話題になり、以降、端から見ても仕事量が増えた。それでもまだ誠二は歯がゆい。もっと多くの人に知ってもらいたい。この工房を。桑原大介が作るものを。

現状のままでいいなんて、桑原はなんて欲のない男なんだろう。もっとのし上がっていく野心を持ってもいいのに。そのために自分のつてを使ったってかまいはしないのに。桑原はそれだけの才能を持っているのに。

工房で目を覚まして、朝ごはんを作る桑原の傍《かたわ》らで皿を出したり盛りつけたりする。会社から帰ってくると、作業場を見学して、桑原の部屋で持ち帰った自分の仕事をして、眠る。たまに「パーキングエリアの内装デザイン、受けて欲しいんだ。大介のデザインがいいんだ」と口説いては「今はそんな気になれねえな」とつれない返事をもらったりする。

誠二がオゴホゴから会社に出勤するのも一週間になり、だいぶんこの生活に慣れてきた。

「早川ディスプレイ」は、日本橋《にほんばし》に本社ビルを持つディスプレイ業界三位の東証一部上場企業だ。社員数は関連会社含めて五百六十四名。社長室は社屋最上の十二階にあり、初代社長の祖父と現社長の父の写真の横に企業理念「豊かな商空間の提供をもって社会に貢献し利潤を追求する」の言葉が額に入れられ飾られている。

父親の跡を継いで社長になれば、誠二は早川ディスプレイの三代目社長ということになる。すでに、父親が不在のときには業務を「代理」の名の下《もと》に代行するようになっていた。若すぎる社長に社内から不満の声がないではなかったが、当面は父親が会長としてお目付役をすることで内々での役員合意は取れている。

書類に目を通していく。報告書、議事録、稟議書《りんぎ》。そして冬は、インテリアデザインの国際見本市シーズンでもある。ディスプレイ会社として注目するのはやはりインテリア見本市の双璧、フランスのパリ郊外で開催されるメゾン・エ・オブジェ一月展と、ドイツのフランクフルトで開催されるアンビエンテだろう。早川ディスプレイからもこれらの国際見本市には渉外のための社員を派遣している。両見本市とも、とにかく出展ブースが多く、回りきれるものではない。事前に念入りにチェックをし、誠二が見てきて欲しいブースもリストアップしてある。メゾン・エ・オブジェとアンビエンテには、自社出展も検討しているのだが、倍率が厳しいのでブースをもらえるかどうかは不確定だ。

書類を確認して社長印を押し、父の代からの女性秘書を呼ぶ。

「こちらの書類は、処理をお願いします」

「わかりました」

「そしてこちら。稟議書は『要再考』で差し戻します。大型機を導入する理由が希薄です。それから博物館改装の工程表ですが、予備日がありません。資材搬入から館内作業までが若干冗長なのでここを詰めて一日あけること。明日までに再提出するよう伝えてください」

「はい」

いきなり、ドアがあいて男の声で呼びかけられた。

「社長代理」

見覚えのある顔だ。自分より一回り年上で黒縁の眼鏡にラフなシャツ、髪は短く刈り込まれており、筋肉質な身体をしている。首から提げたＩＤカードで「内装デザイン課チーフ安藤《あんどう》」であることを確認する。

「すみません。お約束はしておりませんが」

秘書がやんわりと外に出そうとするのを押しのけて安藤は誠二の前に来る。

「営業から聞いたんですが、パーキングエリアの内装デザイン、外部に出そうとしたそうですね。社長代理は、そんなにうちの仕事がご不満ですか？」

彼は広い社長デスク上に手にしていたパーキングエリアのラフデッサンを広げるとのしかかるように上半身を傾けてきた。

「社長代理？」

社長代理、の呼びかけに揶揄《やゆ》する響きが混じっている気がする。

「……いや」

不満はない。

彼がデスクに置いたデッサンを見る。浮かんだ雲と空のデザイン。色も美しい。動線や商業施設としての機能も考えられている。

ただ、胸が躍《おど》らない。

こればかりは天賦《てんぷ》のものなのだろう。才能、というやつだ。どうしても超えられないもの。

祖父や父の代に主な受注先であった公共事業は、今や年々縮小されつつある。今後、大衆に訴えるデザインを提供できなければ、早川ディスプレイは業界三位から脱出できない。それどころか、ずるずると滑り落ちていくばかりだ。

「社長はそこの工房とは長い付き合いだそうですね。趣味で経営して会社を潰すおつもりですか」

あの工房と懇意であったことが、今はマイナスに働いている。もしオゴホゴが早川ディスプレイの内装デザインの仕事を引き受けてくれたなら、安藤の部署と仕事をすることになる。今のままでは不満だけが募ることになるだろう。いい仕事結果に繋がるわけがない。

──社内でも反対されるぞ？

桑原の声が聞こえた気がした。

「工房オゴホゴの仕事ぶりを見れば、納得してもらえると信じている」

「そんな不確定なものではなく、実績を知りたいんですよ。私は」

「実績。実績は……」

じわりと汗が浮かんできた。安藤を説得できる実績が、今のオゴホゴにはない。

安藤の手によって一枚のチラシがデスク上に置かれる。「秘密の森の美術展」のものだ。

「ここに出てますよね。『工房オゴホゴ制作・虹色フクロウ』」

安藤の指がその箇所を押さえている。

「ああ」

「これには二十のアトリエが参加するんですよね。当然この手の美術展では一般来場者アンケートを取るはずです」

彼の言うとおりだった。来場者には任意のアンケート調査を行う。美術展全体に関しての評価がメインだが「どの動物が一番よかったか」を選択する項目もある。

「ここの工房が全アンケートの四分の一を取ったら。それほどの実力のある工房なら。僕だって我《わ》が儘《まま》は言いません。社長代理に従います」

「……」

彼は無理難題を言っている。二十の、しかも、それなりに名のあるアトリエがしのぎを削るこの美術展、その中で得票が四分の一。しかし。

「わかった」

そう誠二が答えざるを得ない迫力が安藤にはあった。

携帯が鳴る。母親からだ。普段は出ないのだが、安藤を帰らせるいい機会だ。彼に退室してくれるように伝えて、出た。

「はい」

母親は滔々《とうとう》と話し出した。

『誠二さん。今日もお泊まりなの？　疲れたでしょう？　好物の鯛《たい》の中華サラダを作るから帰ってきなさい。いい加減、お父様も心配していらっしゃるわよ』

よくこんなに一方的に話ができるものだと感心する。

「週末には帰りますから」

そう伝えて切る。

洗濯物を溜《た》めてしまっている。それに親に顔を見せないと心配をかけてしまう。

「親を安心させる」こと。

ずっとそれを優先させてきた気がする。あの日、兄が亡くなったときから。どこかに出かけても必ず連絡を入れたし、夜遊びをすることもなかったし、免許を取って車に乗るときには勧められるままに頑強なドイツ車を選んだ。

ただひとつ。桑原のことを除いて。

工房オゴホゴが近所にできてから入り浸る誠二に、「そんなに向こうに行ったら相手が迷惑でしょう」と母親には遠回しに、「将来会社を継ぐおまえが特定の工房と懇意にすることは相手にもおまえにも為《ため》にならない」と父親にははっきりと、言われていた。にもかかわらず、抑えることができなかった。それだけが、自分が自分である証明のような、そんな気がして。

オゴホゴに迷惑をかけて。社内部署に不信感を持たれて。親を不安にさせている。それなのに、「もういい、あきらめる」と思うことができない。

社長室の大きなデスクの引き出しから、あのアケビ色の時計を取り出す。

デスクの上に置いて見つめる。今の桑原が作り出すものよりもずっと荒っぽい。塗りなど最初からむらがある。それなのに惹きつけられる。彼のすべての作品同様、作る喜びに溢れている。

不気味な色と形なのに、きゅっと握りしめると笑えてきた。

やっぱり、好きだ。そしてきっともっとたくさんの人がこれを好きになる、と、もう何度目かの確信をする。


早川家の乾燥機つき洗濯機がフル稼働していた。誠二は母親に先週着ていたスーツとワイシャツをクリーニングに出してくれるよう頼み、別の服を選んだ。

久々の息子の帰宅に、母親はようやく飼い主に会えた迷子の子犬のようにまとわりついてくる。

「また行くの。しばらく帰ってこないの」

「ええ」

「どのくらい？」

「向こう次第です」

父親にも言われた。

「難儀しているようだな」

事情を察している父親は念を押してきた。

「もし、ともに仕事をすることになったなら途中で放り出すようなことはしないように。私や役員を説得できないから手を切ると言い出すくらいなら、最初から組まないほうがましだ。その工房だって期待を持たせられてやっぱり無理でしたじゃ、存続に関わる」

「わかりました」とうなずく。放り出しなんかしない。

誠二と違って父親は厳《いか》つい顔と身体つきをしている。いかにも頼れる社長といった風貌《ふうぼう》だ。父と誠二が並ぶと、似ているところは耳の形だけだった。それでは誠二が誰に似ているかといえば、生まれる前に亡くなった祖母、初代社長の愛妻らしい。

遺っている写真を見ると、確かに似ているように思う。

祖母は「墨田《すみだ》小町」と言われたほどの美人でとんでもなく気が強く、遊び人だった祖父が結婚後はぴたりとなりをひそめるほどだったという。早川ディスプレイの前身は「早川装飾」という芝居のからくりを作る会社だった。それを祖父は戦後の博覧会ブームに乗ってディスプレイ会社へと発展させたわけだが、ときに弱気になる祖父に対して彼女は常に発破《はっぱ》をかけ続けていたと聞く。早川ディスプレイの陰の功労者と言える。会ったことのない祖母だが、桑原への自分の執着を思うとなんとはなしに血の繋がりを感じる。


乾き終わった服をスポーツバッグにつめてオゴホゴに帰ろうとした誠二に母親が言った。

「先方さんにお世話になっているのだから、持って行きなさい」

気がつけば彼女は、食料を山ほど玄関に積みあげていた。ビールやハム、ベーコン、缶詰、インスタントコーヒー……——

「お歳暮にいただいたのだけれど、この人数じゃなかなか減らなかったから、ちょうどいいわ」

ありがたくいただくことにする。

オゴホゴに着くとドイツ車から食料を下ろして台所に運ぶ。様子を見に来た桑原が口笛を吹いた。

「すごいな。まるで巣に餌を運び込む蟻《あり》みたいだ」

そう言いながらも手伝ってくれた。

「いつもごはんをご馳走《ちそう》になっているから持って行けって母が」

「いいものが揃《そろ》ってるなあ。さすが社長さんちだ」

二人で黙々と荷物を運ぶ。最後のビールを冷蔵庫に入れているときに、桑原が宣言した。

「今日の晩飯、料理当番は誠二な」

「え」

動作が止まる。料理なんて、家庭科と校外学習でしか、やったことがない。いつも母親が作ってくれている。

「だっておまえ、今日は土曜日で休みなんだろ。うちは来週の納品を控えてみんな忙しいから。いつまでもお客さん扱いじゃ申し訳ないしな」

とりあえず米はといで炊飯器にセットした。それからどうしていいかがわからない。途方に暮れて冷蔵庫から取り出した野菜を見つめていると、篠崎が作業場から台所に顔を出した。

「あ、やっぱり」

困っているのは誠二なのに、篠崎のほうが申し訳なさそうな顔をしている。

「やっぱりって？」

「料理なんてしたことないだろうから、見に行ってこいって桑原さんが。エプロン、ここのを使って下さい。それから、ジャガイモの皮を剥《む》くならこれがいいですよ」

壁のフックに下がっている皮剥き器を手渡される。じっと見つめてからジャガイモを手に取った。

「何を作る気だったんですか？」

「何……？」

目標を決めないといけないのか。なんだろう。

「あったかくておいしいもの……？」

「それじゃ、ポトフにしましょうか。皮を剥いて煮ればできあがりますから」

誠二は皮剥き器を使ってさえ危なっかしく、ジャガイモと格闘する。その横で篠崎はニンジンの皮を包丁で剥き始めた。

「ちゃんと帰ってきたんですね」

しみじみと言われた。

「おうちに帰ったらもうオゴホゴには来ないかと思ってました」

「まさか。大介からまだ『いい』って返事をもらってない」

「粘りますねえ」

「大介に欲がないのが悪いんだ」

そうしてせっかくのチャンスを逃そうとしている。

「あっ」

篠崎があやうくニンジンではなく自分の手を切りそうになっていた。

「やだなあ、誠二さんが笑わせるから」

篠崎は笑ってもどこか困り顔だった。

「笑わせる……？」

今の自分の話のどこに笑える要素があったのか、まったくもって理解に苦しむ。

「そっかあ。誠二さんにはそう見えるんですね。僕の目には罰当たりなくらい欲深にうつってますけど」

「欲深？」

桑原が？

「あの人、あれでいてしたくないことは絶対にしないし、欲しいものはがっちり捕まえるタイプですよ」

自炊に慣れているのだろう。篠崎は器用に包丁を使った。あっという間にニンジンと玉葱《たまねぎ》とキャベツが解体され、鍋に投入される。誠二の剥いたジャガイモを加えるとチューブのにんにくがひねり出され、コンソメキューブとローリエの葉がまじないのように入れられた。

「あとは誠二さんが持ってきてくれたベーコンを、同じくらいの大きさに切って入れて弱火で煮るだけです。ジャガイモとニンジンが竹串で刺して通るくらい、やわらかくなればいいですから」

炊飯器のスイッチを入れて、じっと鍋を見守る。しかし、何度も突き刺してみたのだが、ジャガイモとニンジンはなかなかやわらかくなりそうにない。

「ここにいてもしょうがないな」

ポトフが煮え、米が炊けるまでの時間、誠二は二階の部屋の掃除をすることにした。

薄暗くなってきていたので灯《あか》りを点《つ》ける。一見、片付いているように見えるこの部屋だが、米に虫、の衝撃的な小野口の言葉が脳裏を去らない。アケビ色をした大字《だいじ》の時計を二階デスクの上に置く。まずはベッドシーツを取りのけ丸めて、換えのシーツを探す。ベランダ側から棚下にある引き出しをあけてみた。しゃがみこんでシーツを探す。桑原の衣服やつなぎが畳まれてあったが、それらを取りのけるとグラビア誌が数冊あった。

桑原でもこういうのを見るのかと不思議な感慨にとらわれる。誠二自身は淡泊で結婚するまでしなくてもいいとさえ思っていた。自分で出したことも数えるほどしかない。

さらにその奥に平べったい箱がある。シーツでないのはわかったが、なんだろうと引っ張り出してみる。

「……?」

その箱をミニキッチンのシンク横、調理スペースに置いてじっくりと観察する。

最初、プラモデルかと思った。ちょうどそれくらいの大きさの箱だった。随分とカラフルな色を使っている。誠二はその箱の表面を見て、書いてある文字を読み上げた。

「ぐねぐねくんマキシマム」

当のぐねぐねくんらしきキャラクターが箱の表面に描かれている。可愛《かわい》い色と表情でごまかしてはいるが、ぐねぐねくんはひとことで言えばペニスだった。そういう形をしている。にやっと笑っているところは桑原の描いた魔王に似ている。箱の下に小さく「電動マッサージ器。本製品はマッサージ専用です」とあるのだが、とっても怪しい。

箱の蓋をあけるとだいたい予想したものが出てきた。

セックスの際に使うラブグッズ。バイブレーター。中程が太い、凶悪な形をしている。派手な色が混じり合い、表面にはなめらかなこぶがある。そして、どこかユーモラスで明るい。

部屋が揺れるほどにすごい勢いで階段を上ってくる者がいる。がんとドアが開かれ大股で近づいてくる。桑原だった。肩で息をしている。

「せ、誠二……!」

ミニキッチンでバイブを手にしている自分を見ると、彼は絶望的なうめき声をあげた。

「あ、ああ……!」

手からバイブをひったくられる。

「おまえ！　何、何して！」

うまく口が利けないらしい。

「掃除しようと思ったらそれが出てきたんだ」

「違う。これは、違うから。仕事で、見本で」

何をそんなにあせっているのだろう。桑原は持ち替える拍子にスイッチを入れてしまい、バイブがうねうねと動き出した。

「わ！」

バイブは手からすっ飛ばされ、床に落ちた。誠二はそれがエイリアンのように蠢《うごめ》いているのを興味深く見ていたが、単純な動きなのを確認すると冷静に手を伸ばして、スイッチを切り、拾って桑原に返した。

「こんなこともしてたんだな。知らなかった」

はあ、と、桑原は息を吐いて腰を落とした。いわゆる体育座りになって顔を覆う。

「喰えなかったから」

「別に、そんなに慌てることはないだろう。大介の色と形なんだし」

誠二がそう言うと、桑原はひどくうろたえ、こちらを見た。

「おまえ、なんてことを……」

肌色の浅黒い彼が、はっきりとわかるくらいに赤面している。自分はそんなに彼を動揺させることを言っただろうか。

「すぐにわかったぞ。おまえの仕事だって」

「仕事？」

今度は彼は、肩を震わせ笑いだした。

「あー……仕事……仕事ね。……そっち？」

「大介？」

「そうか、そういう……。やばいよ、俺、てっきり……」

ひとしきり笑い終わると、彼はそのバイブを元通りにしまい込み、ぐりぐりと誠二の頭を撫でた。

「掃除してくれんのはありがたいけど、そんなとこまで探っちゃだめだから」

「シーツを探してたんだ」

「シーツはここだ」

そう言って、今の引き出しのすぐ上をあける。

「ほかは弄らないようにな。俺にも男の秘密ってもんがあるんだから。そんなんじゃない、もっとすごいもんが出てきたら、お互い困るだろ？」

にやっと笑ってシーツを押しつけられる。

男の秘密？　このグラビア雑誌のことか？　それとも、もっとほかのこと？

そういえば、桑原のプライベートな話を、誠二は一切知らない。


台所のポトフのニンジンに竹串が通った。ジャガイモも同様だ。味見をしてくれるように頼んだ篠崎が言う。

「だいたい、いい感じじゃないですかね。ちょっと塩胡椒、足しますか」

鍋からは温かい湯気が立ち上り、誠二の鼻腔《びこう》をくすぐった。塩をつまみ入れている篠崎に思い切って聞いてみる。

「大介って今、彼女いるのかな？」

彼は一瞬動作を止めたが、指先の塩をすべて鍋に払い落とした。

「どうですかね。あの人、そういうこと言わないですから。聞いてみればいいじゃないですか」

それはそうなのだが。

「はぐらかされそうな気がする」

今までもそうだった。

何度か「大介には彼女いるの？」と聞いてみたことはあるのだが、どうだったかなとか、おまえの話を聞かせろとか、もしくはさっきみたいに「秘密」とか、ごまかされてしまうのだ。

たぶん。

「いたことがある、とは思うんだけど」

何回か、いつもより携帯がさわがしいことがあったから。桑原は仕事に熱中すると携帯に出ない。いつまでも鳴っているその音が小気味いいと思った自分がいる。

「ああ、まあねえ」

篠崎はポトフの味に満足したらしく、うなずきながら言った。

「いい歳ですし、けっこう色々あったはあったんじゃないですかね。学生時代からモテてましたからねえ、桑原さんは」

同じ美大のデザイン科だが、篠崎は一学年、小野口は二学年、桑原より下だ。

「そうなんだ」

やっぱり。合点すると同時にざわつくこの思いはなんだろう。悔しい、うらやましい、ずるい。不慣れな、複雑な感情。

「でも、あんまり続かなかったんじゃないかな。少なくとも自分らに紹介するとかオゴホゴに連れてくるところまではいかなかったですよ」

「ふーん……」

今度は安堵《あんど》だ。そして、桑原の相手がオゴホゴに来ていないことへの優越感。

「ごはんも炊けましたし、夕飯にしましょう。みんなを呼んできて下さい」

ごはんとポトフ。奇妙な取り合わせの夕食になった。

誠二がポトフをふーふーと冷ましていると篠崎の携帯が鳴った。篠崎は桑原と反対で携帯には素早く反応する。着信音が鳴るか鳴らないかのうちに出る。篠崎は席を立ち、作業場で会話をしていたが、帰ってきたときにはファクス用紙を手にしていた。

「どうした？　シノ」

桑原が問う。篠崎は少々青ざめていた。用紙を丸テーブルのかろうじてあいたスペースに置く。

「『マカロンの実』、仕様変更です」

その一言に桑原と小野口のスプーンが止まる。

「マカロンの実？」

誠二が訊ねると桑原が答えてくれた。

「エキナカにオープンする洋菓子店のディスプレイだよ。シノ、変更箇所はどこだ？」

「それが、売り場が急遽《きゅうきょ》拡大されることになったので、ディスプレイを大型化して欲しいそうなんです」

小野口が驚く。

「え。じゃあ、ほとんど最初からやり直しっすか？」

桑原は顎を撫でていた。

「実作に入っていないのがせめてもの救いだな」

ポトフを食べるのもそこそこに図面の引き直し、材料の発注変更、工程の組み直しを相談している。篠崎が桑原に工程表を示した。

「『籠《かご》』をいったんここで止めて、明日からは『マカロンの実』にかかるつもりだったんですけど」

「再度先方と打ち合わせて図面あげてOKもらって実作にかかって……。となると、どうあってもマカロンが納期ぎりぎりまでずれ込むな。そのあとに予定していた『籠』の仕上げにかけられる時間が三日は減る」

「あー……これは……」

小野口が嘆く。

「『籠』をかなり前倒しで仕上げておかないと無理っすね」

「ああ。シノと小野口には休日返上のうえ、しばらく泊まり込んでもらうことになりそうだな」

「あの」

誠二は聞いてみる。

「なんだ？」

「仕様変更ならそのぶん延ばしてもらえばいいんじゃないですか？」

全員が押し黙る。

「……ま、もっともだけどな」

桑原がうなずく。

「それが妥当なのはわかってるけど、会社と言ってもうちみたいな小さいところだと、ケツまで自分だから吸収するためには俺らが頑張るしかないんだよな」

「まあ、早川さんとこくらい大きかったら違いますけどね」

「すみませんけど、お願いが」

小野口が言い出し、桑原が訊ねる。

「なんだ？」

「作業したらまた汚くなるのはしょうがないと思うんですけど、俺、一度風呂に入りたいです。さっぱりしたい」

「風呂なら二階にあるだろ」

「桑原さん。あれはシャワーでしょ。しかも素人《しろうと》が作っただけあって狭いです。俺は湯船に浸《つ》かりたいんですよ」

桑原が不思議そうな顔をしている。

「そんなもんかなあ」

思い返せば桑原のシャワーは短かった気がする。風呂もきっと烏《からす》の行水《ぎょうずい》なことだろう。

「あー、そうですよねえ」

篠崎も小野口に同意する。

「僕も昼間、ヨゴシ作業してて塗料ついちゃったんで身体洗いたいです」

ヨゴシとは別名エイジング。新しい素材をわざと古びたように傷をつけたり色を塗ったりすることだ。篠崎が提案した。

「桑原さん、小野口さん。どうでしょう。銭湯に行きませんか。さくら湯だったら車で十分ぐらいですし」

「おう、いいねえ」

「俺も賛成です。風呂ー！」

銭湯。誠二は行ったことがない。テレビで見たことがあるきりだ。こっそり右手を挙げて聞いてみる。

「俺も、行ってもいいですか？」

訊ねると、びくっと篠崎が、どうしたわけか、桑原のほうを向いた。

「……行きたいのか？　誠二」

「え？　……うん」

「いいんじゃないか？」

そう言う桑原が妙に素っ気ない気がする。何か怒っているんだろうか。自分のぶんのお金はちゃんと自分で出すのに。

夕食後、とりあえず作業を中断して、工房のワゴン車に全員乗り込む。辿《たど》りついた銭湯「さくら湯」の駐車場は運良くあいていた。

「お風呂ー、お風呂ー」

小野口が着替えとタオルの入ったコンビニ袋を手に浮かれている。「男湯」の暖簾《のれん》をくぐって中に入るとそこには、年季は入っているものの手入れと掃除の行き届いた、清潔な脱衣所があった。

脱衣籠を置く。服を脱ぐ前に眼鏡を外し、ケースに入れた。こうなると視力検査表の一番上さえぼやけて見える誠二にとって周囲は、幻想の世界になってしまう。

シャツのボタンを外して脱ぎ、チノパンを、続いて下着を足から抜く。

「……ん？」

視線を感じる。

「なんだ？」

「……おまえ……」

桑原が言葉を飲み込んでいる気配がある。少々離れているので表情まではわからない。

何？　なんだ？　あきれている？

「もしかして、ここで脱いじゃダメだったのか？」

桑原に聞く。皆脱いでいたからいいのかと思っていた。

「いや、いい。けど。でも。その身体」

自分の身体。手でぺたぺたとさわってみる。何かおかしいだろうか。皆と違って作業をしていたわけではないから、塗料がついていることもないと思うのだが。

ぽんと背中を叩かれた。小野口だ。

「大丈夫、大丈夫。気にしなくてもいいって。それにしても誠二さんって色白いね。どこもかしこもまっしろ。なんか美白やってんの？」

「いや、別に」

広々とした浴場。正面にあるのは、テレビでよく見る富士山ではなく、どうやら桜の絵らしい。「さくら湯」の由来なのだろう。

「ふー……」

ずっと桑原の部屋のシャワーしか浴びていなかった。しかも髪を洗おうとすると肘が壁にぶつかる狭さ。手足を伸ばして湯船に浸かるのがこんなに気持ちいいなんて初めて知った。小野口の言うとおりだ。風呂はいい。

「大介？」

眼鏡を取る前に脱衣所の注意書きで確認したとおり、誠二はあらかじめ身体を洗ってから浴槽に入った。

問題ないはずだ。

にもかかわらず、隣で湯に浸かっている桑原はほとんどこちらを見ず、口も利いてくれない。

「なあ、大介」

「なんだ？」

どんな表情をしているか、眼鏡をしていないのでよくわからない。

「何か怒っているのか？　もしかして俺は銭湯の礼儀にかなっていないことをしたか？」

タオルを浴槽に入れてもいないし、この中で身体をこすってもいないのに。

「別に。話すことなんてないだろ。風呂だぞ」

「それは。そうかもだけど」

誠二、と、そっぽを向いたまま桑原が言った。

「ん？」

「おまえ、臍《へそ》の横にもほくろがあるんだな。顎にあるみたいな小さなやつが」

「え？」

知っている。臍の左横だ。そこに触れてみる。

「よく見えるな、小さいのに」

しかも、湯の中で。

「さっき、脱いでるときに見えたんだ」

「ああ、なるほど。で、これがどうかしたのか?」

「どうもしない。けど」

なんだろう。何を言いよどんでいるのか。

「よし、出るか」

桑原がいきなり立ち上がったせいで、飛沫《しぶき》がかかった近くのじいさんがじろりと睨《にら》んだ。大介の浅黒い肌色と大きな背中が誠二にはうらやましい。あのくらいがっちりしていたら自分だって貫禄が出たんじゃないかと思う。

亡くなった祖母に似た女顔では、威厳のないことおびただしい。

空気の揺らぐ気配がする。誠二はベッドで目を覚ます。眼鏡をかけて大字《だいじ》の時計を確認する。まだ夜明け前の時間だ。

昨夜、銭湯から帰ってまずしたことは、倉庫から篠崎と小野口の寝袋を出し作業場の大型送風機に当てて乾かすことだった。桑原が誠二の足元に、篠崎が棚とベランダの間に、小野口がミニキッチンの前に寝ることになった。

篠崎と小野口の寝袋は人の形に膨らんでいたが、桑原の寝袋はもぬけの殻だった。オゴホゴの皆は誠二にベッドを譲ってくれたために、床で寝ることになる。自分がいなければ、誰か一人はベッドで寝ることができるのに。

迷惑をかけている。帰ろうか、と何度目かの問いを自分にする。けれど、あきらめられない。いい返事を聞きたい。自分がそう思っている間は、立ち去ることができない。

「大介?」

トイレかと奥を窺《うかが》うが、いる気配がない。靴を履く。スウェットのまま、下の作業場に行くと、桑原は一人で「籠」を編んでいた。「籠」とは、路面アパレル店のショーウィンドウを飾るディスプレイだ。「籠」と名付けられてはいるけれど、上部に開口部はなく、接地面が口をあけている。桑原の身長ほどの大きさのそれは、柿渋《かきしぶ》でまだらに着色した竹をたわめ、槌跡をつけた薄い銅板と組み合わせて編んである。所々に竹や銅板が突き出ていて、少しスズメバチの巣に似ている。巨大な卵にも、廃材の有機的な集合体にも見える。

不気味で、底知れなくて、楽しい。

大介、と声をかけると、ようやく彼はこちらに気がついた。

「誠二、起きたのか?」

「ごめん」

「俺がベッドを独占しているから。やっぱり、寝づらかったんだろう？」

「何が？」

「なんだ」

桑原が笑う。

「床に雑魚寝《ざこね》なんていつものことだ。気にするな」

いつものこと。小さな工房だからこそ、手ずから作り出すことができる。そして、小さな工房だからこそ、すべてを自分でしなくてはならない。

自分の会社と組んでくれたら。そうしたら、そういうところではもっと楽になるんじゃないだろうか。

「『マカロンの実』のせいで納期が圧迫されてるからな。もうちょっとやっておかないとあとがつらくなるんだよ。まだ寝てきたらどうだ？」

「いい。もう目が覚めた」

一度起きてしまうと二度は眠れない性質《たち》だった。

「それ、手伝おうか？」

桑原は迷っているようだった。だが、一人でたわめるよりももう一人、押さえる人間がいたほうが明らかに効率がいい。

「じゃあ、頼むかな。事務室のロッカーに予備のつなぎがあるから」

「うん！」

声が弾む。誠二が手伝いたがっても、桑原がやらせたことは今までない。

「軍手もしろよ。真ん中当たりの下から二番目の棚にあるから」

「わかった」

いそいそと着替えて、軍手を嵌める。

銅板は硬く、現場に慣れていない誠二はすぐに手が痛くなってきたが弱音は吐かなかった。桑原は淡々と曲げていく。彼の手が硬くしなやかなことを思い出している。こうして鍛えられた手なのだ、あれは。

「ここらへんに」

桑原が「籠」の上部にフェイスタオルより一回り小さな長方形を指で描いた。

「窓をあけて、ステンドグラスをはめるんだ。そうすると、中から灯りに照らされて蝶《ちょう》と菫《すみれ》に囲まれた店のロゴが浮かぶ」

「へえ……」

見てみたい。その蝶と花を。搬入の日によってはついて行ってもいいと言ってくれるかもしれない。

もし。自分が自由であったとしたら。この工房に入りたかった。しかし、自分が桑原と出会ったのは、兄のことがあったからだ。そうじゃなかったら、彼の作るものがここまで染み込んでこなかった。

だとしたら、どうしたって自分はオゴホゴに入る運命になかったことになる。誠二なりのやり方で、彼と組んでいくしかない。

夜が明けてくる。手が冷たい。朝の光はどうして青めいているんだろう。そして工房の作業場はいつもよりますます厳粛な空気に満ちてくる。

「ああ……」

桑原が手を止める。

「そろそろメシを作るか」

誠二は軍手を外して息を吹きかけた。

「大丈夫か？　慣れてないと痛いだろ」

桑原が自分の手を取ってくれる。温かい手。節が目立つ。様々なものを作りだす、頼もしい手。

桑原は誠二の手をさすってくれた。

「可哀想《かわいそう》に」

「え？」

「赤くなってる。おまえの手、柔らかいな。さすがはおぼっちゃん。だから手伝わせるのいやだったんだ」

痛々しいというように彼の眉《まゆ》が寄せられている。息を吹きかけられた。ピアスがすぐ目の前にある。何時間やってたっていい。こんなふうにしてくれるなら。薄ぼんやりとそんなことを思っている。

「おはようございます」

「はよーっす」

上から声がする。篠崎と小野口が起き出してきたのだ。

「あれ、桑原さんと誠二さん？」

篠崎が不思議そうに見下ろしている。そういえば、手を繋いだままだった。慌てて離そうとしたが、かえって桑原がぎゅっと自分の指を掴んだので心臓が飛び跳ねそうになった。

もし、オゴホゴと仕事ができるようになったら。そうしたら。

誠二は夢想する。

まずは、「秘密の森の美術展」で実績を作って、あの安藤を説得して、パーキングエリアの内装を引き受けてもらう。

工房オゴホゴのデザインはきっと話題になる。自信があるんだ。

そうしたら、またもう少し大きめの仕事を頼めるようになる。うちと安定して取引できるようになったらオゴホゴは人を増やしたり、もっといいところに工房を移すことができるだろう。そしてさらに活躍して欲しい。自分の会社と一緒に大きくなっていって欲しい。

――「豊かな商空間の提供をもって社会に貢献し利潤を追求する」

早川ディスプレイの企業理念、そのままに。

「籠」が出来上がったのは搬入予定の金曜日深夜だった。

「で、できたー！」

「やりましたね。桑原さん」

「マカロンの実」は期日ぎりぎりではあったが、すでに納品を終えている。工房内に残っているのは「籠」だけで、誠二も会社を終わってオゴホゴに帰ったあとは、つなぎに着替えて自発的に手伝っていた。もっとも猫の手よりは多少マシ、程度だったが。

「あとは設置だけだ。今から行けば充分間に合うからな。慎重に運ぶぞ」

大扉をあけ、オブジェを搬出する。扉上に描かれた魔王が満足げにそれを見守っていた。

「誠二も行くか？」

桑原に聞かれて、「行きたい」とうなずいた。

メンバーは軽トラとワゴン車に分乗して現場に向かう。

設置先であるアパレルメーカー路面店「violetta《ヴィオレッタ》」は青山の一角にあった。裏口から店に入ると、「店長」と胸のプラスティックプレートにある初老の男が迎え入れてくれた。

「オゴホゴさん宛の荷物を預かってますよ」

「ありがとうございます」

荷物とはステンドグラスだろう。それだけはほかの専門工房に発注したと聞いている。

桑原は店の隅に立てかけられた薄い荷物に手を伸ばした。

「大介……？」

気のせいだろうか。彼がかすかに眉をひそめている。何か違和感がぬぐえない、というように。

手に持ち、重みを確かめ、じっと見つめてから、桑原はつなぎの腰に提げた道具袋から大型のカッターナイフを取り出した。「割れ物注意」と書かれた包み紙ごと、段ボールを切りあける。中から薄い木の箱が出てきた。もくねじを一本ずつプラスドライバーで外し、板蓋をあける。

「これ」

桑原がうなるように声をあげた。

ステンドグラスの模様は蝶と菫だと聞いている。それなのに出てきたステンドグラスにあったのは、真夏の海の光景だった。

「篠崎」

桑原が彼を「シノ」ではなく「篠崎」と呼ぶのを初めて聞いた。声が重い。緊張が走る。

「搬入ミスだ」

「わかりました」

篠崎が電話をかけ始める。

どきどきしながらことの成り行きを見守っている誠二に小野口が言った。

「大丈夫ですよ。現場で思うようにならないなんてよくあることですから」

「でも」

明日の朝、開店までに設置できないと穴をあけることになる。

「ガラス工房は埼玉《さいたま》ですから、持ってきてもらうか、最悪取りに行けば開店の十時には間に合いますよ」

「あの」

電話をしていた篠崎が告げる。

「まずいことになりました」

「おう、どうした？」

桑原の表情が厳しい。

「手違いで、荷物が入れ違ってしまったそうなんです。うちのステンドグラスは、すでによそに発送済みです」

「どこに行ったんだ？　こちらにはいつ届く？」

「それが……」

篠崎が口ごもる。

「何？」

「アメリカだそうです。しかも、船便で」

アメリカに船便。下手すれば到着に二ヶ月かかる。

「今から作り直しても三週間は見てもらわないと、と」

しん、と、店内が静まった。

「だい……」

肩に手を添えられた。小野口がしっ、と唇に指を当て、小声でささやく。

「なんとかしますよ。桑原さんは、こういうときにめちゃくちゃ強いから。今、緊急回路が開いてるところです。静かにしてないと」

かちかちかちかちかち。彼の中の「緊急回路」が開き、作動している音が聞こえてくるようだった。

「やる、しかない」

厳《おごそ》かに彼は告げた。

「『やれるか』でも『やれない』でもない。『やる』」

桑原は手を伸ばした。

「篠崎。ステンドグラスの仕様書、持ってきてるか？」

「あ、はい！」

篠崎が革のビジネスバッグをあけると桑原に書類を渡す。しばらくじっと見ていた桑原が、ふいに誠二のほうを見た。静かにしようと息をひそめていた誠二は、その強い目に射すくめられて身を震わせる。

「誠二」

「は、はい！」

「今夜一晩、頑張れるか？」

「もちろん」

頼られた嬉《うれ》しさに力を込めてうなずく。

「酒は飲んでないよな。車の運転を頼む」

「運転？　どこまでだ？」

「オゴホゴにいったん帰る。篠崎と小野口は『籠』の設置準備を進めておいてくれ」

「了解っす」

小野口が請け負った。

軽トラでオゴホゴに帰りつくまで、桑原は口を利かなかった。信号待ちのときに誠二が助手席を窺うと、彼の唇がかすかに動いて確認するように指を折っていた。目が遠い。桑原の頭の中では勝算があるのだろう。そうと信じて、軽トラは隅田川《すみだがわ》を渡る。

工房に到着すると桑原はまっすぐに、作業場に隣接している倉庫に行く。そこには工具とディスプレイ材料が棚一面に押し込められていた。

タッパーが積み重なっている一角で彼は足を止めた。タッパーの中身は、かろうじて指でつまめる大きさのビーズだ。色と形ごとに分けられたそれらを、赤や紫を中心に選んでいく。

「大介?」

タッパーを渡される。

「絶対に落とすなよ。中身が混ざったら終わりだからな」

それから桑原は、ポリ袋にテグスを突っ込み、巻きねじの本数を確かめてつなぎの尻ポケットに入れ、黄色いロープを巻いて肩にかけた。

「途中、コンビニに寄ってくれ」

「コンビニ?」

夕食を買っていくのか。とても食べている時間があるとは思えないが。

「チョコレートがいるんだ」

「チョコレート?」

「ああ。とびきり甘い、口どけのいいやつが」

路面店に帰りつくと桑原は、床のあいているところにロープを楕円に置いた。その陣地の中にビーズの入ったタッパーを色の順に並べていく。

「ここから先は足を踏み入れるな。出していいのは手だけだ。タッパーをひっくり返したらその時点で詰む」

桑原は命じる。

「篠崎、今から俺が言う順番にビーズを小野口に渡してくれ。小野口はビーズをテグスに通していく。それで誠二は、俺の言ったとおりになっているかどうかをチェック」

篠崎がビーズを取りやすいように床に膝を突く。小野口はその隣であぐらを組んでテグスを用意する。誠二は篠崎の手元がよく見えるように座った体勢から覗《のぞ》き込む。

桑原は立ったまま壁に背をもたせかけ、目を閉じ、腕を組む。そうして彼はビーズを指定し始めた。

「ガーネットが二、ワイン、ローズ、それからルビー」

「待って下さい、ルビーが見当たりません」

タッパーは三十以上ある。色の多さに篠崎が戸惑っている。

「手前から三番目、左から五つめにある」

「あ、ありました。これですね」

ルビー色のビーズを拾い上げ、小野口に渡す。

「パープル、シャムが三、フューシャが四、クリスタル……」

桑原はステンドグラスの代わりにビーズで、蝶と花と店のロゴを描こうとしているらしい。タイルによるモザイク画のように。きっと桑原の頭の中では今、出来上がりの模様をビーズ一粒一粒に変換していっているのだろう。

ふ、と桑原が息をついて目をあけた。

「誠二、チョコをくれ」

「そんな色、見当たらないぞ」

「違う、コンビニで買ってきたチョコだ。俺の、口の中に」

そう言って口をあける。

まるで、チョコレートを食べようとほんの少し動くことでさえ、彼の脳内で再構成したビーズのつらなりをほどいてしまうとでもいうようだった。誠二は急いで立ち上がると、コンビニの袋からチョコの白い紙箱を取り出し銀の包み紙を剥く。手に持っただけで融《と》けそうなチョコレートを一粒、桑原の口の中に放り込む。

「もう一個。いや、三個」

チョコを次々に彼の口に入れていく。彼の無精髭がこそばゆい。わざとではないのだろうが、咀嚼《そしやく》のために伸ばされた舌で指先が生ぬるく濡《ぬ》れる。こみあげてくるぞよぞよした感覚を必死に抑えるのだが、桑原の隈《くま》ができ落ちくぼんだ目はそれをどこか楽しげに見つめている気がしてならなかった。

桑原は口の中でチョコを融かして嚥下《えんげ》すると続けた。

「クリーム、トパーズ、パール。そこで止めて切って、ピンクのＡＢ、スモークローズ三、オパールが四……」

根気のいる作業だった。魔王が古びた鉄屑《てつくず》を輝く宝剣とするため、夜通し唱える偉大な呪文のように、桑原はビーズの色と形を示し続け、時折「そこで切る」と指図した。最初は正確に拾えていた篠崎だったが、次第に間違う確率が高くなる。小野口もあぐらを組み替え、しまいには片膝を立て始める。誠二自身も足が痺《しび》れ、目が霞《かす》み始めていた。夜明けが近くなった頃には、桑原自身の口が回らなくなっていた。

「これでラストだ。クリスタル三、ローズを二、ガーネットを三」

床にはビーズを通し終わったテグスが何十本も並べられている。

「『籠』の窓内側両端に巻きねじを設置してテグスを順番に張っていく。窓と同じ大きさの長方形になるように。テグスがたわまないよう注意して」

桑原は自分でねじを設置しようとしたが、脳にすべてのエネルギーが行ったものか、はたまた寝不足と疲れのゆえか、指先が震えてねじは床に落ちた。

「桑原さんは座って休んでて下さい。指示してもらえれば俺らでやりますから」

小野口が言い、桑原は彼の言葉に従った。

「籠」の内側に小野口が入り込みヘッドライトで照らしながら、篠崎に渡された巻きねじを設置し、ビーズの連なるテグスを一本、一本、とめていく。

そして。

ビーズ細工はぴったりと正面の長方形、ステンドグラスが嵌まるはずだった箇所におさまった。内部にランプをとりつけ点灯させれば、ビーズは輝き出す。

篠崎がスタッフルームで仮眠をとっていた店長を呼んできた。店長はオブジェの前に回ると、驚きの声を上げる。

「……これは……」

誠二も店長の隣に並び、「籠」を見た。

蝶が羽を広げ、その真ん中でロゴは菫の花に囲まれている。光を透過させたビーズ細工は、ジョルジュ・スーラの点描画のように隣り合う色と溶け合い新たな色を生み出していた。赤と紫を中心にグラデーションがかかっていて、世界で一番澄んだ空気の中で迎える夜明けの色のようだ。一枚のガラスを嵌めるよりもずっと立体的で、今にもこの蝶が、こちらに向かって飛び立ってきそうだと誠二は思った。

なんて、美しい。

誠二はみとれる。ただただ、感嘆する。

床に腰を落としていた桑原がふふっと笑った。

「よくビーズ細工作ったよな。工房に仕事がない頃さ」

「作りましたよね。ビーズの本を図書館で借りてきて研究して」

篠崎も同意する。

「売るのはもっぱら小野口さんでしたね。商売がうまいから。俺らが売るときとは段違いだった」

「美大のときのバイト先がホストクラブだったんすよ。女性客に慣れてるんで」

助かったよ、と、桑原が言う。

「あの工場《こうば》を無理言って貸してもらってたから、家賃だけは払わないとと必死だったよな。なんでもやっておくもんだ。役に立った」

誠二はそっとビーズ細工に手を伸ばす。触れる直前、蝶が誠二の指の動きに驚いて羽ばたきをしたように思えて、引っ込めた。

「どうだ？」

自慢げに桑原がこちらを見る。

「す、ごい。凄《すご》い、凄い！」

それしか言葉がない。

あのばらばらの光る珠《たま》が、桑原を経るとこんなすてきなものに変わる。これはもう魔法だ。

「そっか」

桑原はよろよろと立ち上がると手を伸ばして誠二の頭を撫でてきた。ふっとその手が止まる。

「なんかさ」

そう言いながら桑原に髪を一筋、指でつままれる。ひどく、肩をすくめるほどにくすぐったい。

「おまえの髪って、気持ちいいのな」

そしてそのまま、こちらに倒れ込んできた。

「わ……！」

身長で十センチ、体重でもかなりの差がある。

「だ、大介」

支えきれずに倒れそうになる誠二を小野口が受け止め、助けてくれた。

「大介！　大介？　きゅ、救急車を……！」

誠二のあせりとは裏腹に篠崎と小野口は落ち着いている。

「そんな、おおげさですよ」

篠崎が言う。

「大丈夫、桑原さん、眠ってるだけですから」

「眠ってるって……」

いきなり？　こんなにぐっすり？

小野口も請け合った。

「桑原さん、最近、あんまり寝てなかったっすからね。それに加えて緊急回路を使ったんで、疲れたんですよ。篠崎さん、俺ら、この人支えてますから。うちの車から台車を持ってきてください。あれでオゴホゴまで運びましょう」

赤から紫に、色を変えながら蝶が飛んでいく。誠二は手を伸ばす。蝶は指先に触れるか触れないかのところをかすめた。

ふっと目をあける。

いつもの、工房オゴホゴ二階、桑原の部屋だった。もう夕方なのだろう。オレンジの光が満ちている。誠二は路面店に行ったときのつなぎから、スウェットに着替えていた。

「夢……」

ベッドに起き上がって手を見る。あれは夢だったのか。蝶が指先をかすめた感触さえ残っているのに。

「よく寝たな」

昨夜はほとんど徹夜だった。変則的な睡眠だったのにあの蝶と遊んで癒やされたかのように、爽快な気分だった。

「大介は……」

枕元の眼鏡をかけ、愛用のアケビ色の時計を見てから、階下に降りていく。

事務所で桑原は、何枚もキャンプマットを敷いた上につなぎを着たまま寝かされていた。なんとかワゴン車に押し込んでオゴホゴに連れ帰るまではできたものの、大柄な桑原を二階の部屋まで運ぶことは困難で、階下で一番暖房が効く事務所に寝かせたのだ。篠崎と小野口は「寝かせておけばそのうち起きるから」とまったく心配する様子もなく帰宅していった。けれど、桑原はまだ起きる様子がない。よほど疲れていたのだろうか。微動だにしないで眠っている。

ふと不安になり、胸に耳を当てる。大丈夫。ちゃんと心臓が動いている。安堵した誠二は、彼の高い鼻梁《びりょう》に見蕩《みと》れる。彫りが深い。額は賢げなのに唇が厚く肉感的だ。そのアンバランス。今はほどかれている黒い髪をそっと指で梳《す》いた。左耳のピアスにふれる。こんなところにこんなもの。痛くないんだろうか。

桑原の身体が揺らいで、慌てて手を離す。彼は身を震わせて笑っていた。

「もう、あちこちさわんなって。こそばゆいじゃねえかよ」

「起きていたのか」

わかっていたらしなかったのに。

「今起きたんだよ。くすぐったくてしょうがなくて」

「起こしてごめん」

「いいよ。もう充分寝た。すっきりしたー」

そう言いながら彼が身を起こす。

「何時だ？」

時刻を告げるとさすがに驚いたようだった。

「そりゃあ、すっきりもするな。シノと小野口は？」

「帰った」

「そうか。まあ、自分のうちでぐっすり寝たいもんな。誠二も帰ればよかったのに」

そうだけれど。でも、桑原が心配だったのだ。

「俺についていてくれたのか？」

頭を撫でられる。

起きて毛布を畳んだ桑原は、デスクの上にある封筒に気がついたらしい。誠二に視線を投げかける。

「あ、なんか。篠崎さんが、桑原さんに渡してくれって」

「へー」

彼が封筒をあけると、中から何枚か万札が現れた。メモも入っている。

「『誠二さんにおいしいものを食べさせてあげて下さい』ってあるぞ。大盤振る舞いだな。どこがいい？」

　彼はにやっと笑った。

「おねえちゃんのいる駅前の店にでも行くか？」

　おねえちゃんのいる店？　胸をあらわにした女性に足をさわられたり酒を飲まされたりするのか？　たまに接待を受け、そういう店に行くのだが、おもしろいと思ったことがない。不愉快だし、先方にも申し訳ない。

「それは、ちょっと」

「どこでもいいぞ。うん？　どこにする？」

　彼が優しく問う。

「あ、あの」

　もし、そうなら。どこでもいいなら。桑原と行ってみたいところがある。おずおずと誠二は提案した。

「あそこでも、いいかな……」

「誠二の行きたかったところって、ここかよ？」

　桑原が丸椅子をちょうどいい位置に直しながら聞いた。ひゅうと背中を風が通り抜けていく。透明なビニールで囲っているとはいえ、すきま風は防ぎようがない。

桑原と誠二がいるのは、国道沿いに出ている屋台のおでん屋だ。表には「おでん」の紺のれんがかかり、目の前には汁と油でてらてら光った木製のカウンターがある。仕切り板のついた四角い鍋では様々なおでん種がクックツと煮えていた。赤くて安っぽい、所々ガムテープで修繕がしてある丸椅子に座っているのは、自分たちふたりだけだ。

「一度、ここで食べてみたかったんだ。通りかかるといつもいい匂いがしてたから」

誠二は私服の上にハーフコートを羽織っている。

桑原は色褪せたシャツにジーンズ、スニーカー。すり切れた革ジャンを引っかけた格好だ。しっくりと馴染《なじ》んでいて、古傷を負いながらも堂々と草地を駆ける野生の獣のようだった。

「喰ったことねえのか?」

「ない。一人だと入りづらくて」

なんでも好きなものを頼めと言われたので、鍋を覗きながら注文する。

「えっと。大根と卵とこんにゃくと……糸こん」

「こんにゃくかぶってるぞ。好きだなあ」

桑原は唇に煙草を咥《くわ》えながらにやにや笑っている。

「いいだろ、別に」

「じゃ、俺ははんぺんとつみれと薩摩揚《さつまあ》げとちくわぶ」

「大介だって、練り物ばっかりじゃないか」

かすかな反撃を試みる。

「いいだろ。好きなんだから。それにおでんで一番うまいのはちくわぶなんだぜ。全部のうま味を吸い込むんだ。なあ？　そうだよな、おやじ」

屋台のランプを受けて頭頂が輝いているおやじさんは「さあ、どうですかねえ」と困り顔をした。

「それからお銚子《ちょうし》ふたつ。熱燗《あつかん》で。俺にはコップつけてくれ」

「へい」

誠二が慌てる。あまり酒が強いほうではない。すぐに酔って赤くなる。

「俺は、酒は」

「まあまあ。いいだろ。残したら飲んでやるから」

「なら、いい……かな」

自分は浮かれているな、と、誠二は思った。オゴホゴを手伝うことができたからか。

それとも、久しぶりに桑原とふたりきりだからか。もしくは……――初めて彼と外で食事をしているせいかもしれない。会うのはいつもワークショップの会場とか工房の中だった。

「へい、熱燗お待ち」

出された銚子から誠二の猪口《ちょこ》に酒が注がれる。桑原はコップに手酌だ。

「おう、お疲れ」

「お疲れ様でした」

猪口をコップと軽く合わせて口から迎えに行く。こくりと飲み込むとぶわっと身体中にぬくみが広がる。顔にさわると熱い。きっとすでにほんのり赤くなっていることだろう。

「どうぞ」

おやじがおでんの皿を出してきた。受け取ると桑原は白くて長いちくわぶを箸《はし》で半分に切り分け、片方を誠二の皿に載せた。

「あ、大介。勝手に」

「口つける前だからいいだろ。食ってみなって、うまいんだから」

誠二はおそるおそるちくわぶを一口かじった。

「あつっ！」

慌てて離す。それからじっと見つめてもう一度かじりつく。素直に感想を述べた。

「……おいしい。こんなに白くてぷにょぷにょしてるのに」

「な？　うまいんだって」

桑原は煙草に火をつけると、誠二とは逆のほうに煙を吐いた。こちらをつくづくと見ている。

「もっと高いところでもよかったのに。遠慮したのか？」

遠慮をしたつもりは、ない。

「女性のいる店は、苦手だ」

「苦手、ねえ」

誠二はむきになった。

「だって、知らない相手だぞ？　何を話していいのかわからないだろ？」

「そこか？　無難に名前とか聞いとけばいいだろ。あとは……――バストサイズとか携帯番号とか生まれ育ちとか明日の予定とか」

「失礼だ。それに個人情報保護法に抵触する」

少しくらくらする。止《や》めておこうと思うことも口にしてしまう。酔っているのか。

ほんのすこし飲んだだけなのに。

「おまえ、真っ赤」

額に指先を当てられ、余計に身体が熱くなった。

なあ誠二、と、彼は言った。

「そんなの、大丈夫だから。向こうも聞かれ慣れてるから、言いたくないところはパスするよ。俺なんて番号聞いたら携帯持ってないって言われたことあるぜ。さっきあんたが見てたのはなんなのかってツッコミ入れたくなったよ。あと、兄って言ってたくせにダンナとか、弟って言ってたのが彼氏とか、甥《おい》っ子姪《めい》っ子のはずが自分の子とか。フツーだよ、フツー」

「そういうふうに」

「ん？」

桑原は指に煙草を挟んだまま、日本酒のコップを持ち上げる。誠二は至極まじめに訊ねた。

「そんな嘘だらけの会話をしていて、空《むな》しくならないのか？　意味があるとはとても思えないんだが」

「あー、まあ、意味、はないかな」

桑原は肩をすくめる。

「でもさ、たまにはいいじゃないか。嘘でもいいから『すてき。好きになりそう。頼もしい』って言われたいんだよ」

「俺にはわからない」

「ま、誠二はおぼっちゃんだからな」

今だとばかりに誠二は勇気を振り絞る。

「大介には、いるのか？」

「うん？」

「その。今、恋人とか」

「うーん……」

桑原は困ったように黙り込む。それから「おまえは？」と聞いてきた。「誠二が教えてくれたら話してもいい」と。

そう来たか。

必死に思い出してみる。

「一度、いいなと思った子はいたんだ」

二年ほど前、出向先の建築会社で出会った女性だ。社長になることはもう決まっていたので、武者修行として出された先だった。清楚《せいそ》で控えめでよく気がついて。ていねいにアイロンをかけたハンカチを持ってくるような人だった。

「映画も観《み》に行ったたし、食事もした。うまく行っているつもりだったんだが……」

いきなり別れを告げられ、二ヶ月後にはほかの男と出来婚してしまった。つまり、誠二は二股をかけられていたことになる。苦い思い出だ。

「待ってたんじゃないのか。誠二が、自分を抱きしめてくれるのを」

「……やっぱり、そうなのかな……」

思い当たる節はある。帰らなくてもいいんだと、彼女のほうから言ってきたことがある。でも、自分はいつもどおりに彼女を自宅まで送っていった。険しい目をしていた彼女。キスさえしない自分がもどかしかったのだろうか。

「でも、他人の中に入るのって恐《こわ》いじゃないか」

ぐっと音がしたと思ったら、隣で桑原が噎《む》せていた。

「なんだよ」

「おまえなあ。他人じゃなかったらもっとヤバいだろうが。誰だって最初は知らないもの同士なんだ。だから話をして、肌を合わせて、知り合っていくんだろ」

「だって……」

この話をすると友人には必ず引かれる。でも、恐い。

「わけのわからないものと混じり合うんだぞ。どうなるのか不安じゃないか」

ぐいっと桑原が誠二の頬をつまんだ。痛くはないが何をするんだと睨む。

「誠二ってもしかして。童貞？」

「悪いか」

「あー……。悪くはない、かな。いや、まずい、かな」

桑原が酒を一気に呷《あお》った。それから誠二の銚子から自分のコップに注ぐ。

「おやじさん、餅巾着とがんも！」

「あいよー」

おやじさんがよそってくれる。桑原の酒を飲むペースが随分と速い気がする。

「約束だ。大介は？　大介のことを聞かせてくれよ」

「ああ。そうだったな。俺は――……うん。好きなやつは、いる」

「そうなんだ？」

意外だった。最近の桑原は淡々と仕事をしていたし、いつもより熱心にものを作っていたから。携帯だって鳴らないし、どこかに出かけることもない。だから、相手はいないと勝手に思い込んでいた。

「どこの人？」

「昔からの、知り合い」

美大の同級生だろうか。

「そうなんだ……。きれいな人？」

「すごい美人だよ。今まで見た中で一番だな。本人が気がついていないのが救いなのか、困りものなのか」

「へえ……」

そんな人がいたなんて。気がつかなかった。

「その人に好きだって言った？」

「言ってない」

「なんで？」

「相手が俺を男として見ていないから、かな」

「言えばいいのに」

そう口にしながらも、そうなって桑原がその人ばかりになってこうして自分と付き合ってくれなくなったら、きっと胸痛いほどに寂しいことだろうと思う。そんなのはいやだ。それなのに、口では真逆のことを言っていた。

「大介は渋くてかっこいいから、きっと相手の人はいやな気はしないと思う」

「お、そうか?」

にやっと彼は笑った。

「まあ、じつは前から俺は渋くてかっこいいんじゃないかと思ってたんだ。わかっちゃうか?」

「自分で言うところがだめだ」

むくれると、もうすっかり冷めた大根を口に入れる。

おでんの屋台を出ると、夜風が痛いほど冷たかった。国道沿いの店はみなシャッターを閉め、通りかかる車のヘッドライトだけがやけに眩しく流れてゆく。二人は身をすくませる。

「寒いな。オゴホゴまでタクシー拾うか?」

「いい。俺、今日は家に帰るし」

「え?」

桑原は驚いたようだった。

「あきらめたのか、とうとう」

「まさか。週末だからだ。それに俺がいると大介がベッドに寝れないだろう」

「ああ……。そういうことか」

彼はまるで稀少な鉱物を見るように誠二に視線を向けた。

桑原の指先が頬に触れ、びくっと反応してしまう。今までだって何度も彼はこの身体に触れてきた。髪に、耳に、頬に。しかし、今のこれは、違う。こんな触れ方は知らない。いや、違う。一度だけ。最初に彼のベッドで眠ったときに夢うつつに感じた。あれと同じ。

彼はくすっと笑って手を引っ込める。

「送ってくよ。こっちでいいんだよな」

確かな足取りで歩き始める。

「あ？　ああ」

合っているが、彼を自宅に招いたことはない。もっぱら誠二がオゴホゴに行くばかりだった。

「大介?」

「オゴホゴが、たまたまおまえんちの近くに工房を構えたと、そう思っているんだろ？　誠二は」

「……違うのか？」

なんだろう。どきどきする。月の見えない夜だった。前を行く男の背中が今まで知っていたものとするりと入れ替わったかのように感じる。

「こっちの路地から行ったほうが近いかな」

誠二も知らないような薬局と花屋の間の路地を入っていく。両側はマンションの壁になっている。狭い隙間だ。あともう少しで大きな通りに、明るいところに出る、というところで大介が立ち止まった。

「なあ、誠二」

のんびりした声で彼は言った。明日は何時に来るのか、とか、もうすぐおまえの家だな、とか。そういう、ごく普通の会話の調子だった。

「キス、しようか」

だから最初、誠二は何を言われたのかよくわからなかった。

「え？」

聞き返す。桑原がポケットに手を入れたままこちらを振り向いた。

知らない表情《かお》だ。正確には、知ってはいるけれど、この男が浮かべたところは見たことがない。工房オゴホゴの搬入口の上に住む魔王のように、悪戯《いたずら》めいてこちらを見つめる。

「大介。酔ってんのか?」

「うーん、どうかな。いいだろ?」

彼はポケットから手を出す。こちらに伸ばしてくる。

「知らない相手じゃないんだから。中に入れてくれよ」

だめだ。だめだ。とらわれてしまう。狭い道だった。一歩、二歩と下がる。しかし三歩目はなかった。

背中が壁につく。

逃げられない。足が止まっている。最初にあの色と形に、アケビ色の時計に、縫いとめられたときみたいに。地面から足にしゅるしゅると蔓が伸びてへばりついてしまったみたいに。動けない。

桑原の手のひらが自分の顔の両側の壁に、ゆっくりとつけられて、小さな檻《おり》を形成して、その中に閉じ込められる。

「誠二」

どうして自分は。顔を仰向《あおむ》けているんだ。一番口づけやすい角度にしているんだ。

唇が、緩慢な速度で重なった。無精髭がこそばゆくて。それから、煙草の匂いがし

た。湿った唇は自分のそれとはまったく違う形で確かな質感を伴っていた。

それから。彼の舌がそっと合わせ目に触れた。中に。中に入れて。中に。

誰も入れたことがない。おまえの中に。

否《いな》と言うことは不可能だった。そっと、自分の唇の合わせ目をほどいた。彼の舌が
入り込んでくる。

「ん……――」

彼に身体を抱きかかえられている。彼の身体を抱き返している。口の中を探られて、
もっと暴かれたくなる。

「誠二……」

口づけの合間にささやかれて、自分の中の固い扉がきしんでひらくのを聞く。

「あ、あ、大介……っ！」


どうにかしていた。

本当に。どうにかしていた。

あの夜、桑原に伴われて自宅玄関先に辿りついたときには、腰が砕けていて、うまく歩くことさえできなかった。

「いつ見てもでかい家だな。門から玄関までが遠いぜ」

そんなことを言っていた気がする。いつ見ても？　ということは、何度も来たことがある……？

「誠二さん」

玄関に出てきた母親が驚いていた。

「どうしたの。いったい」

ほとんど桑原に抱きかかえられていた自分。

「少し、酔ったみたいで」

桑原はいけしゃあしゃあとそんなことを言っていた。

酔ったとすれば、おまえとしたキスにだ。唇を合わせる。相手を迎え入れる。ただそれだけがあんなに人の平衡感覚を狂わせるなんて、初めて知った。

あの日から三日経《た》つがまだ実家にいる。オゴホゴには帰っていない。

デスクトップのパソコンを立ち上げ、「男同士　キス」で画像検索してみた。物凄い数が表示されてぎょっとする。いわゆるイケメンではない、普通の、ちょっとぽっちゃりしていたり、おじさんだったり、そういう人たちがなんということもなくキスをしていた。

その大半はふざけてのもので、誠二を安堵させた。

「なんだ……」

なんだ、普通なんだ。異常なことではなく、遊びでもやることなんだ。

パソコンの電源を切って布団に寝転ぶ。

やっぱりオゴホゴに泊まればよかったと後悔をする。今頃、桑原は仕事を終えてシャワーを浴び、一服している頃だろうか。

あれはなんのつもりだったんだろう。酔っていたのか。戯《たわむ》れか。なんにせよ、たいした意味はないんだろう。だってあいつには好きな相手がいるんだから。

「明日は、あっちに行こう」

自分に言い聞かせる。このままでは、オゴホゴをあきらめたのかと思われる。それは悔しい。

仕事が立て込んだせいで、オゴホゴへの帰宅時間は思ったよりも遅くなった。

右半分の月を空に見ながら、もしかして閉め出されたかもと危惧《きぐ》しつつ事務所のノブを回す。鍵はあいていた。ほっとして中に入る。

作業場の、閉館後の博物館のように冷え切った空気の中、常夜灯に照らされて虹色フクロウの骨組みが見えていた。

階段を上る。

ドアの隙間から細い光が漏れている。急に不安になった。

どうしよう。この前のキスについて、何か言われたら。

荒くなる呼吸を整えてドアをあける。

スウェット姿の桑原が、デスクに向かっていた。手元には書類がある。

「あ、あの」

桑原が振り向く。

「ああ、誠二。お帰り」

なんてことはなく、彼は誠二を迎え入れた。ほっとする。

「メシは？」

「もう食べてきた」

「そっか。コーヒー飲むか？　インスタントだけど」

「うん」

背広とベストを脱ぐとハンガーにかける。桑原はミニキッチンに移動するとガスコンロから煙草に火を点け、ケトルをかけた。

換気扇の下で煙草を吸っている。煙を吐くときに顔を上げると、彼の喉仏が絶妙なラインを描く。

黒電話のベル音が鳴り響いた。桑原の携帯の着信音だ。

「鳴ってる」

「ああ」

デスク上にあるそれを示す。

「鳴ってるぞ」

「わかってる。耳はいいんだから」

誠二は桑原の携帯を手にすると大股で彼に近づき、突きつける。

「鳴ったら出ろ。なんのために持ってるんだ」

「あとで掛け直そうと思ったんだよ。……何、シノ？　どうしたんだよ？」

相手は篠崎らしい。ケトルが湯を噴き上げたので彼は火を止めた。

「財布？　事務所に忘れた？　うん、わかった。見に行ってみるよ」

階下の工房は火気厳禁だ。火がついたままの煙草を持ち込むわけにはいかない。桑原は煙草を換気扇下の灰皿に置いたまま、部屋を出て行った。

ここから事務室まで行くには、手すりに蔓草の絡まる黄色い階段を下り、作業場を横切り、ドアをあけなければならない。当分の間、彼は帰ってこないだろう。

湯気の上がったケトルの隣で、煙草の煙がくゆっている。つい数日前、あの味の舌が入ってきたのだ。どんな味と匂いだった？

人間は匂いを思い出すことが不得手だという。誠二もまた、押し込まれた桑原の匂いを漠然としか覚えていない。

(時間は、あるよな)

少し。ほんの少し、煙草を吸ってみるくらいの時間は。充分にあるはずだ。

誠二は換気扇の下まで行くと煙草をとり、咥えた。それは、このまえ入ってきて自分を蹂躙《じゅうりん》した舌と同じ味がした。

少し吸い込むと噎せそうになる。誠二自身は喫煙をしたことがない。

(何、やってるんだか)

煙草を灰皿に戻そうとして、誠二は身を強張《こわば》らせる。ドアが開き、桑原がこちらを見ていた。

驚いた自分が煙草を床に落とさなかったことを褒めてやりたい。注意深く、震える指で煙草を灰皿に置いた。

「どうしたんだ。早かったな」

顔が引き攣《つ》りそうになる。しっかりしろ。こんなの、なんてことないじゃないか。ちょっと。ほんのちょっと、好奇心から吸っただけなんだから。

「ああ。財布は結局、もう片方の鞄《かばん》に入っていたそうだ。二個も鞄を持ってるなんて、さすがシノ。荷物をなんでも持ち歩く男だよ」

もしかして、気がついていないのかもしれない。そんなことはあり得ないのは承知しながらも、そうであることを祈る。

「煙草、吸ったのか？」

空しく、彼に指摘される。

「あ、これは。その。煙草ってどんな味かなって。興味本位っていうか。それだけで」

何を言っているんだ。言えば言うほど、嘘っぽくなる。

「あ、あの。俺、やっぱり、帰る」

彼と一晩、この部屋で過ごすなど、耐えられない。今までよくも平気で暮らしていたものだ。

彼の脇をすり抜け、ドア外に出ようとしたそのとき、腕をぐいと掴まれた。

「帰るな」

低く告げられたひとことで、心臓に杭《くい》を打たれたみたいにその場で動けなくなった。

どっどっどっどっ。恐ろしい勢いで血が巡っている。

「なあ、誠二？」

彼の言葉にからかう響きが混じっている。

「どうだった？　うまかったか？　煙草は」

声にならない。

「俺の、味がしたか？」

「ち、ちが……そんなんじゃ……——」

彼がゆっくりとこちらを向いた。

桑原は別の表情《かお》を滲ませている。欲深で意地悪く、不遜《ふそん》で傲岸《ごうがん》な。そして限りなく魅力的な、顔。

「俺……——」

「逃げる機会はいくらでも与えてやったのに」

言い放つと、彼は誠二をベッドに引き倒した。

この男の匂いのするベッドに。

そっと彼が誠二の髪をかき上げ額に口づける。熱い唇。

あのとき。キスされたときと同じだ。どうして自分は逃げない。腰が熱くなっていくのを、身悶《みもだ》えながら感じているだけだ。

それでも抗《あらが》おうと唇は言葉を紡ぐ。

「大介。おまえ、好きな人がいるんだろ。その人に、悪いと思わないのか」

「おでん屋のときのことか？」

「ああ。言ってたじゃないか。昔から好きな相手がいるって」

楽しそうに彼は答えた。

「あれはおまえだ」

「は？」

だって。だって美人だって。今まで見た中で一番。

「誠二って自分がきれいなことに、ほんとに気がついてないんだよな。俺が欲情しても気がつきもしない。だから平気であんなことができるんだ」

彼の手が身体の線を辿った。

「平気で一緒の部屋で寝るし、風呂に入るし。銭湯ではたいへんだった。もう少しで湯の中でぶっ放すところだった」

溺れているかのように、口を何度もあけて閉める。それなのに、一向に空気は自分の中に入ってこない。今までそんなことはおくびにも出さなかったじゃないか。

「おまえが俺の形を手にしていたときにはどうしようかと思った」

「おまえの、形って」

どういうこと。なんのこと。

「おまえが手にしてたバイブな、モデルは、俺なんだ。俺のペニス」

「え」

「一番型を取りやすいし、観察しやすいだろ？　ああ、ちなみに、勃《た》たせるときにはおまえを思ってたぞ」

「あ、ああ」

あの。中太の。凶暴な。

「オプションで凹凸を付け加えたけどな。だいたいはそのままだ」

「え、え……」

じゃあ。

自分は彼のペニスの形を手にしていたのか。恥ずかしさに今さらながら消え入りたくなる。

桑原の舌が顎のほくろを舐《な》める。それから、口の中に入ってきた。煙草と、桑原の匂いが満ちる。与えられた口づけを貪《むさぼ》る。奥底にある門を叩かれる。そうして、彼に向かってどうしようもなく開かされていく。

あの時計の前で立ち止まり、「欲しい」と思った瞬間から。今日のこのときが来ることは定まっていたのかもしれない。

彼に向かって手を伸ばす。

魅入られたら、もう帰れない。

器用な彼の指が、向かい合わせになる誠二のシャツの貝ボタンを次々と外していく。すべてほどかれると指はするりと胸に入り込んでくる。耳の下に唇をつけられながら、あの、節のある指で胸の先をこねくり回される。

昔話のキスで目覚める姫君を思い出す。あれは暗喩《あんゆ》だ。ほんとうはキスだけじゃない。その次がある。もっと大きくて確かなことが。それを知りたい。知りたくてたまらない。

「ん、ん……」

なんだろう。なんと言ったらいいんだろう。腰が重くて苦しい。大きな悩みを抱えたみたいに。

「喘《あえ》げよ。苦しいだろ？」

「そんな」

いきなり言われても。この悶えを音声にする回路はまだ未熟でどうしたらいいのかわからない。胸から腹のほくろへ辿った舌が臍の中に入ってきた。それはぬるりと身体の奥にまで届きそうに執拗《しつよう》にまさぐっている。

「や、あ……」

「いや？　俺に、こうされるのが？」

桑原の手がスラックスの前をあけて入ってきて、つーっと指がすでに勃《た》ち上がっている誠二のペニスを下から上に撫で上げた。

「う……」

まるで自分は、彼の手でたわめられる柔らかな材料みたいだ。じくじくした感覚に腰の奥が支配され、身をくねらせる。さらに指で追いつめられる。つぷりと露をこぼす自分のペニスの先端に、彼の舌先が当てられた。

「あ、あ、大介……っ！」

桑原が長い髪を結んでいた紐をほどいた。彼の垂れかかる髪が、肌を撫でるのを全身で感じる。どうしていいのかわからない。どうしよう。どうしよう。彼の手の中で粘い音が響き続けている。それはちゅくちゅくという軽いものから、ぐちゅぐちゅという淫猥《いんわい》な音へと変化していた。同時に柔らかい舌で性器の先端を舐められて、腰奥の重みがどんどん強くなる。

どうしよう。

足からスラックスが抜かれる。

「ほら」

いってしまえというように、喉奥深くに咥え込まれ、吸い上げられた。

「ああっ！」

快楽は頂点を極めたのに、どうしても射出することができずに、誠二はただただ身悶える。

「大介」

何を。自分はいったい何を言おうとしているのだろう。こんなこと、今まで思ったこともなかったのに。

「大介の、アレ、見たい」

　彼が唇の片端を上げて笑う。

　ゆっくりとスウェットの上を脱ぐ。いつも工具を使ったり木材を運んだり鉄板を持ち上げたりしている、たくましい胸板があらわになり、さらに下を脱ぐと下生えからペニスが屹立《きつりつ》していた。あのとき見たバイブよりずっときれいだと思った。でも、凶暴な形は同じで血管が浮いている。そのペニスに触れる。硬かったが、それは、生き物の硬さだった。芯を持ち、先端から透明な液がしたたっている。

「くすぐったい」

　彼が不慣れなさわり方に音《ね》を上げた。

「さわるなら、もっとちゃんとさわれよ」

　ほら、と、上から握りしめられる。手の中に彼のペニスがある。

「こう……な」

　手を添えて一緒に動かされると、彼がかすかに息を乱した。その声を聞くと自分もおかしな気持ちになる。切なくてこれをなんとかして欲しくなる。

「誠二の手、柔らかくて気持ちいい」

「中綿、みたい？」

「ん？」

「なんだか、中綿みたいだなって。俺の手が」

目を細めると、桑原は誠二の唇に軽いキスを落とした。

デスクの引き出しから彼がチューブを取り出す。指先に絞り出しているのを見ると、ジェルの類いなのだろう。

「足、開いて」

命じられて、戸惑いながら両の膝をあけていく。

彼の指が、受け入れ口を撫でる。それから、ゆっくりと指が時間をかけて入ってくる。節が、ひとつ、ひとつ、くぐり抜けるのがわかる。

「………」

どんな顔をして、どんな声をあげればいいのか、わからない。まだ。一本の指に恐くないからと中を撫でられてしまえば、彼の指でとろかされてもう一本の侵入を許してしまう。中を、まるで探検するみたいに探る指に響くところを探り当てられ、腰がいっそう重くなる。

「ふ……う……」

三本めの指が、限界まで押しあけて入ってくる。もう抜いてと言ったのに、彼はかまわずに指をぴったりと合わせて出入りさせた。揃えて引き抜かれると、桑原の指に身体ごと持って行かれそうで恐くなる。

「もう、いいか？」

よくなんてあるはずない。いつまで経っても、永久に覚悟なんてできはしない。

凶暴なその形が押し当てられるのを眼鏡ごしに見てしまう。

ジェルの助けを借りて、押し入ってくる硬さ。どこまで入れるつもりなのだろう。

ずくずくと脈打つそれに侵食されていく。

限界まで押しあけられた身体が少し楽になって息をつくと、桑原に笑われた。

「まだ、カリんとこが入っただけだから」

「嘘、だろう」

「なあ、誠二」

彼が問いかける。

「これ、どこまで入れてもいい？」

なんてことを聞くんだ。

「全部でもいい？」

「え……」

全部って。全部って、どのくらい？

さらにもう一度、開かされていく。中程が太い、あの形を入れられている。なんて苦しいんだろう。そして。なんて幸せなんだろう。

「く、ふ……っ」

彼の形を収めきってしばらくすると、楽になってきた。呼吸ができる。中に受け入れたペニスが脈打って存在を訴えている。

息をすることさえつらかったけれど、自分の下半身を見下ろし、勃起していることを確認して笑ってしまう。

「何？」

「まだ勃《た》ってる、俺」

「ああ」

「嬉しいんだなって思って」

そのとき、彼の気配が変わった。誠二の言葉が、彼の何かを引き剥がした。音こそしなかったけれど、桑原がまとう空気は自分をいたわり気遣うものから、もっと原始的な、噴き上げるほど熱いものへと変化した。

「あ、やあ」

肩を手で掴まれ、腰を腿《もも》で押さえられ、逃げ場をふさがれたまま、すべてをかなぐり捨てて求められる。

これが本当に桑原なのか。あまりに激しくて確かめることさえできない。

大型の成獣にのしかかられているみたいだ。

腰を打ち付けられて、呼吸が苦しい。必死に桑原の腕に縋《すが》り付いているけれど、振り落とされ、失神しそうだ。

「あ、あ……っ!」

体内の巨大に膨らんだペニスが盛大に噴き上げた。桑原が、はあはあと荒い息を整えると、引き抜いていく。自分の腰はまだだるい重さを残している。桑原が誠二のペニスに再び唇を寄せてきた。彼の髪が広がり、腹をくすぐる。舌先を性器の先端に感じた瞬間にそうと意識しないままに腰が浮いた。まだ口中でさえなかった。ひと舐めされただけだったのに、彼の唇に、大量に精液を放出してしまう。

いやらしい唇だ。厚くて肉感的な。そこから垂れた白濁をなんてことないというように彼は舐め取った。

「誠二」

上から覗き込み、自分を呼ぶ声に誇らしげな響きがあった。

俺の、誠二、というような。

ああ……――

「大介」

名前を呼んでその唇に指で触れる。自分の精液でぬるんでいるそこ。じんじんと臍の奥あたりから心臓に向かって、先ほど彼から感じたのと同じ熱い血の流れを感知する。なんだ。

すとんと理解していた。

俺、大介のことが好きだったんだ。ずっとずっと、好きだったんだ。

そして、こうしたかったんだ。ずいぶんと前から。

「シャワー浴びるか？」

「うん」

「立てるか？」

ほんの少し身じろぎしたところで、自分の顔色が変わるのがはっきりわかった。

「誠二？」

「ああ、あ。中。中から」

泣きそうな声になる。でも。だって。

桑原の出した白濁が生ぬるくしたたってくる。初めての感触にどうしていいかわからない。

「拭いてやるよ」

自分のペニスをティッシュでぬぐっていた桑原はそう言うと誠二の両足をあけた。

「……」

改めて思うとひどく恥ずかしい格好だ。何もかも彼に見られている。こんな電気の点いた、明るいところで。

「ああ、これ。どうしても尻のほうに垂れちまうな。うつぶせになれるか？」

「こう？」

言われたとおりに、背中が上になるように身体の向きを変えた。局部をティッシュでぬぐわれる。こんなことまで許している。

「あれ？」

桑原が声をあげた。

「え、何？」

「誠二。おまえ、ここにもほくろがあるのな。知ってたか？」

「どこ？」

「背中の……――ここ」

体内からこぼれ続ける液をぬぐうために両手が塞がっていたからだろう。桑原は舌先でほくろの位置を指し示した。背中の、ちょうど真ん中。

「な……っ！」

びりりと通電したみたいに快感が走り、思わず声をあげていた。そっと肩ごしに背後を見る。ゆっくりと彼の手のひらが腰骨を掴む形になっていた。

「もう一度、いいか？」

拒ませる気などまるでなく、彼が聞き、自分はそっと腰を浮かせた。まるで交尾をねだる動物みたいに。

朝の光が眩しい台所で、桑原が土鍋で粥《かゆ》を炊いている。スウェット姿の自分は彼に淹《い》れてもらった番茶を飲みながらお気に入りの椅子に座っている。なにもかもが輝いて見えた。土間に漂う埃さえ。

台所の土間の外では洗濯機が回っている。自分たちのシーツや下着を洗っているのだ。

「昨日は」

いきなり言われた。つなぎを着た彼の背を見る。

「つらかったか？」

慎重に考える。どうだっただろう。きつかったのは確かだ。今まで知らなかった感覚を総動員して、したことのない形に足を開いた。しかし、それよりも何よりも。

「びっくりした」

そのほうが大きい。

「そうか」

彼がガスの火を止め、あさつきを刻んでいる。ふっと包丁を持つその手が止まった。

「また、しても、いいか？」

そんな聞き方はずるいだろう。いやだなんて言えない。

「……うん」

桑原は声で応じるその代わりに、包丁であさつきをまた、刻み始めた。

粥を食べたあと誠二は着替えて、出勤のために作業場を横切る。「籠」を納品したあとに残っているのは「虹色フクロウ」だけになった。作業場が随分と空いて見える。「虹色フクロウ」の翼に取り付ける羽の塗装はまだ途中だ。新聞紙の上に濃褐色の表羽根と虹色の裏羽根が何枚も置かれている。表羽根と裏羽根、二枚でワンセットにして骨組みに取り付けていくという。

このフクロウの完成は「籠」と違ってここで見ることができるだろう。楽しみだ。

駐車場で、スクーターにつなぎ姿で出勤してきた篠崎と会った。

「誠二さん、おはようございます」

「あ、おはようございます」

わかるはずはないのだが、どことなく決まり悪く目をそらしてしまう。

「あれ?」

スクーターから降りた篠崎が不思議そうにこちらを見た。顔の右側、見られているほうがむずむずする。

「誠二さん……」

桑原さんとセックスしちゃったんですか、と続くのかと息を殺すが返ってきたのはまったく別の言葉だった。

「今日は車で出勤するんじゃないんですね」

「あ、ああ……」

全身脱力してその場にへたり込みそうになった。

「会食を控えているんで」

「そうですか。じゃあ、夕飯、いらないんですね？」

「はい。あ」

思い出して礼を言う。

「この前は、ありがとうございました」

「……なんでしたっけ？」

「えーと……接待？」

おでん屋に行ってからこっち、篠崎と会う機会がなかった。ああ、と、彼が気弱な笑みを浮かべる。

「あのくらいならいくらでも。おいしかったですか？」

「はい、すごく」

じゃあ行ってきますとバス通りまで歩き始める。駐車場を出るときに見た桜の木はまだ堅いつぼみのまま川から吹く風に枝を揺らしていた。

とても、珍しいことに。

その夜、桑原からメールが入った。気がついたのはすでに電車を降りてから。「駅に着いたら電話してくれ」とあったので、ためらわず、彼の携帯にかけた。

「改札、出たんだけど」

『おう。じゃ、迎えに行く。ちょっと待ってろ』

スーツにコートのまま駅前ロータリーで待っていると、やがてオゴホゴの軽トラが姿を現してとまった。助手席ドアをあけ、鞄を放り込むとよじ登る。誠二がシートベルトをすると、つなぎで頭にタオルを巻いたままの桑原が今まで吸っていた煙草を消した。

「別に、いいのに」

「好きじゃないだろ。煙草」

「うん、まあ」

「やめられればいいんだが、なかなか難しいな」

確かに、煙草は嫌いだ。だが、桑原が煙草を吸っているところを見るのは好きだった。彼は目を細めて顎を持ち上げ、まるで哲学者のように遠い目をして煙を吐く。

桑原が車を発進させた。

寂しい、と、思う。もっと彼に近づきたい。そう考えて驚く。すぐ隣にいるのに。けれど、当然、運転中は彼に抱きつくことも口づけることもできない。

寂しいってなんだ。帰って彼の仕事が終われば一緒の部屋で寝るのに。それどころか、たぶん、一緒のベッドで寝る。そして、もしかしたら昨日みたいに、抱き合って舐められて、入れられて。

「エロいこと、考えてんだろ」

含み笑いをした桑原に言われて「え」と返す。

「そんなことは……」

ない、とは言い切れない。

「わかりやすいぞ。こっち見る目が潤んでるから」

はっと目をそらす。

「俺もそうだから安心しろ」

桑原がそう言った。

「今、頭の中でおまえ、ものすごいエロいポーズで俺のこと悩殺してる。背中のほくろが見えて腰を振って肩ごしにこっち見て……――」

「バカ、やめろ」

「おう、そうだな。いい加減にしておかないと運転中に勃《た》っちまうからな」

「うまく……できないかもしれないけど」

桑原の妄想のようには。

「頑張るから」

小声で言うと、片手で頭を撫でてくれた。

口いっぱいに桑原のものを頬張る。顎がくたびれるほどの容量のこれを、自分の中に入れたなど、信じられない。でも、恐ろしいことにすでに彼に馴染んだ身体が、奥に欲しいと疼《うず》くことを止められない。

「もういいよ」

そう言われて、口を離す。

桑原が手を伸ばしてきた。指が頬から顎を撫でる。そして身体の線を辿り、どこまでも下ってゆく。

「おまえ、こんなとこまで整ってるのな」

そう言われて何が？　と思ったのだが、彼は足先をつつき、持ち上げた。誠二は一糸まとわぬまま、尻餅をついたみたいな中途半端な体勢で手を身体の後ろ側に突き、片足を上げることになる。桑原はあぐらを搔《か》いてじっくりと手の中の誠二の足を検分している。

「足の指が長くて、小指までしっかり爪があって。この爪、桜貝みたいな色してる」

つま先にキスをされて、びっくりする。

「あ……っ」

身をひねる。

「やだって。そういうの」

「なんでだよ。誠二のこと好きで隅から隅まで可愛がりたいののどこが悪いんだよ」

「だって、汚いだろ」

「はあ?」

桑原は誠二の右足の小指すべてを口中に含んだ。

「あ……!」

思わず、声をあげてしまう。感電したかのように走る快楽の奔流に、反応せざるを得ない。

「汚くねえだろ。さっきシャワー浴びたんだから、いつもより入念に」

「なんで……」

確かに、今からたぶんセックスすると思って、隅々まで清めた。

「長かったもん、風呂が」

ついっと彼の舌が足指の間に押し入ってきた。桑原の舌は自分のものより長い気がする。

「ふ……っ」

横倒しになった身体を支えている手ががくがくしている。腰の奥に重い雲みたいに欲望の塊が集まり始めている。

「エロい。顔が」

「わかんない」

どんな顔をしているかなんて。

色々、してあげたいのに。やりたいのに。色ごとに免疫のない自分は、ただ無様に喘ぐしかできない。逆に、桑原に聞かれた。

「どうして欲しい？　何が欲しい？」

手を離され、足先はベッドに落ちる。優しい声に誘われるみたいに言葉にする。

「キスして、舐めて、桑原の指を、入れて欲しい。それから、アレも」

「アレって？」

桑原は笑っていた。昨日はすぐに反応したくせに、今日は知らん顔をする。この、スケベオヤジが。そんなに示させたいならそうしてやる。

足を伸ばして、つっとさきほど桑原が唇をつけていたつま先で彼のペニスを撫でてやる。

「桑原の、これ」

「く……っ」

桑原は唇を噛《か》みしめてうめいた。

乱暴にはしていないつもりだが、痛かったのかと彼の顔を窺う。

「え、あ、ごめん」

謝り、彼のペニスに手を伸ばす。そこは今までで一番張りつめていて、誠二の手のうちでどくっと脈動した。

いきなりベッドに押し倒された。メチャクチャにキスをされる。桑原を興奮させる何があったのか、よくわからないままに自分はそれに流される。

唇がこめかみにつけられ、眼鏡のツルに当たり角度がずれた。直す間《ま》もないままに、キスが降るように顔中に浴びせられる。

「だ、いすけ?」

「おまえは、どうしてそうなんだ」

語気が強い。

「なんで。怒ってるのか？」

足でなんてやったから？

かぷりと首筋に歯を立てられて正気に返って止める。

「だめだ！　見えるところは……」

もしかしたら他人は痣《あざ》とかかぶれたのだと思ってくれるかもしれない。しかし、自分はそれが桑原がつけた愛咬《あいこう》のあとだとわかっている。見るたびに動揺してしまう。

桑原は歯の力を弱めて誠二をほっとさせたが、今度は胸の先、乳首をいやというほど強く吸われた。

痛みを感じるほどに。

「つ……」

思わず声をあげてしまう。それを聞いて安心したかのように、今度はとろとろと、焦《じ》れったくなるくらいに優しく、舐め上げてくる。

「大介。大介？」

「どうにかなりそうだ。蕩《とろ》かせたいのに怯《おび》えさせたいんだよ、おまえを。どうすりゃいいんだよ」

苦しげな息づかいは性的に興奮しているからというだけではないようだった。

枕元にあったジェルを彼が指に取る。

仰向けになっていた誠二は、乞われるままに膝の力を緩めたが、桑原は膝裏を左手で掬《すく》うと、担ぐようにさらに大きく開かせた。右指のジェルに受け入れる部分を暴かれる。彼の指の節が狭い輪をくぐるたびに昨日植え付けられた体内の記憶と結びつき、熟れた果物みたいにじくじくと蜜をはらんでいく。入ってくる指を増やされ、そして引かれる。

「ん……」

唇から掠《かす》れた声が漏れる。

「煽《あお》るなよ」

桑原に言われる。

「そんなこと、してない」

「してるよ」

三本の指が、粘い音を立てて自分の身体を出入りしている。

「傷、つけたくねえ。けど、我慢できない」

苦しげに訴えられてしまうと、許してやることしかできなくなる。こんなに年上なのに。最初に会ったときには一方的におとなに思えたのに。可愛い。

「来て」

両手を伸ばして誘いかける。

激情を耐え、慎重に、桑原は侵入してくる。視覚ではなく、触感でこのときを記憶している。そう、こうして一度開かれて、閉じて、さらに緩慢にどこまでも押しあけられていく。

ふふっと誠二は笑った。

「なん……」

「大介の、形だ」

くっ、と桑原の喉の奥が鳴る。

「煽るなって……言っただろうが……」

限界だ、と、彼は口にすると、その体力のままに腰を打ちつけてくる。

「う、わ……！」

桑原に突き上げられ、腰だけではなく身体全体がベッドで揺すられる。あ、あ、あ。彼の動きに合わせて声が漏れる。

こんなのに、乱暴にされている気はしない。ただただ求められている。だから嬉しくてしかたない。苦しいのに笑っている。気持ちよくてたまらない。自分のペニスも勃起している。そこに手を伸ばすと桑原が手を上から巻き付けた。

キスをされる。奥まで侵されるように深く。

どこもかしこも彼でいっぱいになる。

桑原が種をまき散らすのと同時に誠二は自らのペニスをこすり立てて、声をあげて、達した。


桑原は優しい。したあとには抱き上げてシャワーまで連れて行ってくれる。たくさんキスもしてくれる。抱きしめて眠ってくれる。

朝食を作ってくれ、食べさせてくれる。

とてもとても優しい。

それなのに、また一緒に仕事をすることだけは拒まれている。耳を傾けることさえ頑として受け付けてくれない。

「なあ、デートしようか」

オゴホゴに帰ってきた誠二が車を駐車場にとめていると、エンジン音を聞きつけたのか、ひょいと工房から出てきた桑原にそう言われたことがある。

「デート？」

もう深夜だった。桑原はまだつなぎを着ていて、上に革ジャンを羽織っていた。そして、自分はスーツにコートのままで、土手を歩いた。桑原はいつも忙しそうだったし、誠二も父親からの引き継ぎがあり土日出勤していたので、二人で外に出たのはおでん屋に行った時以来だった。

月は薄ぼんやりとしていたが初めて路地でキスをしたあの頃よりもだいぶん丸くなっていて、輪郭のぼけた影をアスファルトに投げかけていた。

「なんだかいい匂いがする。花の匂い」

誠二がそう言うと桑原も鼻をひくつかせる。

「そうだな。もうどこかで梅が咲いているんだろう」

誰もいないのをいいことに、手を繋いでいた。この手が好きだと改めて思った。節のある、硬い、器用な、この手。

握っているのが桑原の右手だったから、その手にされたことを思い出して少し恥ずかしくなる。それを見透かしたかのように桑原が言った。

「帰るか」

それはセックスするか、の意味に聞こえた。

「うん」

知っていて、自分は答えた。

なんでしたくなるんだろう。頭ではわかっている。精液が溜まって、排出したくなるから。でも。桑原のベッドで、汗ばんだ肌の手ざわりとか、次第に変わっていく身体の匂いとか、息が口づけるたびにくぐもり、離したときにはいっそう激しくなっていくのとか、そういう過程を経てこみ上げてくるのは溶け合い深く結ばれたいという願いだ。眼鏡を外され、より大胆になった。ねえ大丈夫だからもう来てよと足を絡めて誘いかけさえした。十日ちょっとでこうなら、これからどこまでこの男は自分を変えてゆくのだろう。

終わったあとに身体からしたたり落ちる彼の精を拭き取られる。腰を浮かして彼を助ける。ついこの間までは、肌をさらしたことさえなかった。それなのに、今は何もかも見せている。

シャワーを浴び終わり、誠二は桑原の隣に潜り込む。彼の身体を抱きしめた。

「ん？　なんだ？　寒いのか？」

桑原は抱き返してくれた。

「……——なあ、誠二」

彼はいきなり、そんな話をし出した。

「アーク溶接って知ってるか？」

ディスプレイデザインの会社を経営しているのだ。そのぐらい知っている。

「奥の作業場でやってるやつだろう？　作業中は近づくなって言われてる」

「ああ、紫外線がきついせいで遮光ガラスなしで見ると目を痛めるからな。あれの温度、六千度になるし」

「六千度？」

湯の沸騰《ふっとう》する温度が百度。その六十倍の熱さ。想像がつかない。

「そうだな、六千度っていうと、太陽の表面と同じくらいだな」

眩しいはずだ。あそこにあるのは小さな太陽なのだから。

「それがどうしたんだ？」

「二枚の鉄板は別物なのに、溶接するとくっついて離れない」

「……うん？」

「それだけだ」

それで話はしまいになった。けれど、誠二の心には残り続けた。ふたつの違う身体が、火花を出して融け合うイメージが、去らなかった。


虹色フクロウは組み立てを終え、最終調整に入っていた。

完成に近づけば近づくほど、寂しくなるのはなぜだろう。工房の中にほかに大きなオブジェがなかったせいかもしれない。ほかはすべて納品してしまった。次の仕事があるのかどうか心配したことがあるのだが、桑原に笑われ、一蹴されてしまった。

「工房の中にオブジェがないのは、先方に行って作業するからだよ。材料の発注も終わってるし、ちゃんと詰めてるって」

「なら、いいんだけど……」

けれど。誠二だけでなく、桑原自身もたまに沈み込んで遠くを見ていることがある。

駐車場脇の喫煙所で煙草を吸っているときに、吐いた煙を目で追いながら深く悩ましい溜息をついていたのを知っている。


二月の終わりに、まるでやけになったように重たい雪が降った。誠二の車はスタッドレスタイヤに替えてはいたが、帰宅途中に立ち往生している車がいて遅くなった。事務所から作業場に入り、ただいまを言う。

「ああ、お帰りなさい」

篠崎に声をかけられる。

しん、としている。雪で音が閉じ込められたみたいだ。

「うちの工房は屋根が三角だからいいですけど、平たいところだと雪の重みできしむでしょうね。下手をすると潰れます」

詳しいな、とコートを脱ぎながら思う。

「篠崎さんは雪国生まれなんですか?」

「秋田《あきた》です」

篠崎は「虹色フクロウ」の地味な表羽根と目にも綾《あや》な裏羽根を二枚一組にして骨組みにはめ込んでいた。全体の四分の三ほどを取り付け終えている。

「きれいですね」

率直に口にすると篠崎は、そうですね、と、同意してから付け加えた。

「動くところはもっときれいですよ」

誠二は作業場の中を窺う。

「小野口さんと大介は？」

二人の姿が見えない。

「ああ、小野口は帰しました。雪がひどくなりそうなので、電車が動いているうちにと。こっちは雪慣れしていないのですぐに止まりますからね。僕はバスで帰れるのでもう少しいようかなって」

「そうですか」

「桑原さんは飲んでくるって言ってましたよ。『割烹《かっぽう》ゆたか』で」

店の名を聞いて誠二は顔をしかめた。

「誠二さん？」

「あ、いや……」

「割烹ゆたか」は父がひいきにしている店だ。

　桑原に電話をしてみる。出ないがこれだけでは決められない。桑原は携帯にまめなほうではない。父親の携帯を鳴らす。無駄だった。コールは空しく鳴り続け、しまいには留守番電話サービスに繋がった。

　家に電話をしてみる。母親が出た。

『誠二さん、どこにいるの。帰ってくるの。いつ帰ってくるの。どうして帰らないの……』

　母親がしゃべる言葉の合間を縫うようにして問いかける。今日、父親は出かけなかったかと。

『あら、どうして知ってるの。もしかして誠二さんと会う予定なの？　夕食はいらないって出て行ったわ。飲んで来るみたい。せっかくチェーンを着けたのに車じゃなくてタクシーを呼んでいたから』

「割烹ゆたか」には個室もある。二人が会っているところを想像してみた。何を話しているのだろう。オゴホゴのこと。早川ディスプレイのこと。それより何より、自分のこと。

　顔に出やすいほうだと父にはよく言われた。

父は、気がついているのだろうか。もしかしたら別れるようにと圧力をかけているのかもしれない。早川ディスプレイは業界三番手だ。父は関東ディスプレイ協会の理事長もしている。オゴホゴの妨害をしようとすればできないことはない。自分がオゴホゴを推薦しようとしたときに止めてくる可能性だってある。父が反対すれば役員は同調するだろう。まだ自分には父を押し切る人望はない。


雪が積もる中、工房の事務所前で桑原を待った。

夜が更けてもまだ雪は降り止まず、誠二は何度も足を踏み換え、軒《のき》があるにもかかわらず雪が降り積もっているコートの肩を払った。

やがて遠くから、ざくざくとタイヤチェーンが雪を踏む音がして、タクシーが駐車場に入ってきた。桑原が下りてくる。

彼は珍しく無精髭をきっちりと剃《そ》り、スーツを着てコートを羽織っていた。革の靴が雪を踏む。

「誠二」

彼はいつもと同じように笑みを含んで言った。

「こんなところでどうした。風邪引くぞ。うん？　シノは？」

「帰った」

桑原が誠二の髪に積もった雪を払う。

「雪だるまになるつもりか。おまえ、社長になるんだろ。体調管理も仕事のうちだ」

事務所に入りながら誠二は聞いた。

「うちの父と会っていたのか？」

「あー……」

桑原はしょうがないというように白状した。

「うん、まあ。おいしいふぐ刺しをご馳走になったよ。しめの雑炊がまた最高で……」

「聞かれたか？　俺たちのことを」

「……」

「そうなんだな？」

「上に行こう」

二階の部屋の暖房を入れると、二人して狭い中でシャワーを浴びた。どちらからともなく、唇を重ねる。何かをごまかすように。あとに延ばすように。

雪が降っていた。静かで、ベッドのきしむ音とか、エアコンがぴしぴしみしみしと鳴っているのとか、受け入れたところからの粘いいやらしい音がこもったように響いた。

ずっとこうしていたいと思った。どこまでも、どこまでも、雪の中に降り込められたいと願った。

達した後、呼吸が整うまでの間、桑原の胸に、まるでそこが安全な場所というようにすがっていた。

頬が寄せられる。すべらかな彼の頬は初めてで、なんだか別の箇所を当てられている気がして、手を伸ばして確認する。

「うちの子と付き合っているのかと聞かれた」

「……それで？」

「ごまかすのは得意じゃない。言ったよ。『はい』って。そうしたら『あいつが後ろめたくて親の顔が見れないようなことにだけはしないでくれ』って。……参った」

ほんと、参ったよ。桑原は言った。

「責められたらああ言おうこう言おうって思ってたんだけどな。おまえの親父《おやじ》さん、大きいな。なんだか、しみじみと、考えちまった。今の俺は、おまえが親父さんに胸を張って紹介できる男だろうか。やっぱり……」

やっぱり、なんなのだろう。別れるとか。ふさわしくないとか。言い出すのだろうか、この男は。

「俺は」

かまわない。今の桑原でいい。それがだめだというのなら、認めてもらえるまで粘る。そう言おうとしたのに、遮るように桑原は言った。

「なあ、誠二」

彼の目は悪戯めいてきらきら輝いていた。

「あれを、入れて見せてくれよ」

「あ、あれ？」

いやな予感がして身体を離す。彼は腕を取ると、もう片方の手で引き出しをあけた。こちら側からだとすぐに手が届くところに箱がある。

「な、なに」

「これ、入れてみせて」

持ち出してきたのは、桑原の形を模したというバイブレーターだった。

「なに言って」

「いつも、夢中になってよく見えないから。おまえが、どんないやらしい顔するのか、見たい」

ひどいことを言われているのに、首筋にキスをされてささやかれればうなずくことしかできなくなる。

うつぶせて。腰を浮かせて。指で受け入れる部分を探る。さっき桑原の形に開かれていた、その部分。柔らかい、爪の鋭い、いつもと違う指に驚く。自分のものなのに。

「大介」

入れてみせればいいんだろう。おまえと同じ形の、おまえじゃないのを入れて、よがってみせればいいんだろう。バイブにいつもは使わないゴムをこのときばかりは被せて、ねっとりとジェルを塗って。両手でまるで腹の中に入れるみたいに構えて差し込んでいく。

「つ、めた……」

ぐぷっと開かれ、そして閉じる。ここからがつらい。もう一度、中の太い幹で開かれていく。なんて苦しい。

「ちょっと待て。これ」

眼鏡をかけ直してその形を覗き込む。

「でかくないか？」

「うん、ほんのちょっとな」

「なんで」

「男の見栄ってやつ」

なんだ、それ。

ああ、でも。これ、けっこう売れたって聞いた。ということは。全国で何人も、何十人も、何百人も、これを入れた人間がいるってことだ。女も。そして俺みたいに男も。それが悔しかった。

「おい。誠二。無理しなくても」

「うるさい」

腹立たしい。そして一番腹が立つのは、その腹立ちが嫉妬から来ていることだ。こんなことで。

この形を入れて楽しんでいるのが自分だけじゃないことで。

「くっ……」

感じて見せつけてやろうと思ったのに、スイッチを入れて単純な動きで中を打つ機械の動きに、情けなくてすごく惨めで涙がにじんできた。

「え、え?」

うろたえるところを見てざまあみろと思う。

「泣くなよ」

「泣いてない」

「……ごめんな」

恋人は卑怯《ひきょう》なくらいに優しいキスを落としてそっと自分を抱き寄せ、体内からバイブを抜いた。

「こんなことさせて、悪かった。いい子だ」

「子供扱いするな」

そう言いながらも、ちゅっちゅっと唇の音を大げさに立ててされるキスは心地よく。

「誠二は俺のがいいんだよな。大介さんのじゃないと気持ちよくなれないんだろ？」

「なんだ、それ」

そう言いながらも指を取られて、たくましい今の形と同じものに指を這わさせられると、正直な身体はこれだと疼き出す。さっきのじゃない。これが欲しかったんだと。

「な？」

「ち、がう。そんなんじゃ、ない」

少なくとも。

「そういう、言い方はしていない」

「本当に、おまえは、可愛いよ」

身体を入れ替え、腰下に枕を押し当てられる。

「狂いそうだ。いや、もう……」

狂ってる、おまえに。そうささやいて彼が身体を合わせてくる。桑原が自分の中に押し入ってくる。

「は、ああ」

見えた。アーク溶接のときに散る、閃光《せんこう》みたいな。ばちばちと火花が散る。まばゆいばかりの、光。

「ああ、大介ぇ」

自分の中から溢れて言葉がしたたる。

語尾が甘く甘く、まるで熱せられて飴《あめ》状になった金属のように尾を引いて垂れて落ちる。

融けそう。融けてひとつになってしまいそう。

朝になれば雪はやみ、ベッドから起き上がると外から雪かきをする音がしていた。

誠二は裸だったが、暖房が入ったままになっていたので寒くはなかった。桑原の姿は見えない。作業場か。それとも雪かきか。

泊まっているからには何か手伝おうと普段着に着替えて下まで行くと、小野口が台所にいた。桑原と篠崎はどうやら駐車場の雪かきをしているらしい。小野口に断って倉庫から雪かきスコップと長靴を借りる。

表に出ると二人のほうに近づいていく。はっと足を止めたのは、二人が言い争っていたからだ。

「桑原さん、それはないでしょう！」

篠崎は、工房の上下関係をきっちり守り、決して桑原に逆らったり乱暴な言葉遣いをしたりしない。その彼が桑原に喰ってかかっている。今にも襟首を掴みそうな勢いだ。

「あ……」

桑原がこちらに気がついた。

「おい」

「ああ」

何？　何を話していた？

「おはようございます、誠二さん」

「怒られてたんだよ。俺の雪かきがなってないって」

「雪かき？」

そうなのか？　本当に？

「雪かきは、まずはブロックを作ってから」

言いながら篠崎は雪かきスコップを雪面に垂直に突き刺す。夕べのうちに雪は二十センチほども積もっていた。スコップを引き抜き、今度は下に水平に入れると、まるで豆腐のように雪が四角くひとかたまり掬い取れた。

「それをこう、横から載せて固めるんです。上に載せると崩れてくるから」

言いながら積んでいく。秋田出身だと言っていただけあって手際がいい。

「うちのほうでは積もるほど降らないんだよ」

桑原の出身は四国《しこく》だと聞いたことがある。

「ああ。誠二、おまえ、足が冷たくなってしもやけになるぞ。中に入ってろよ」

そう言われたけれど、雪かきを手伝った。

「そうそう。うまいですよ」

「適当なところでやめとけよ」

世界は白く姿を変え、穏やかで、眩しい、朝。

それなのに、なんでこんな漠とした不安を自分は抱えているのだろう。好きな男がいて、仕事があって、心は凪《な》いでいるというのに。一面の雪が美しければ美しいほど、胸に迫る不安はなんなのだろう。


「なんか、おもしろくないな」

桑原はそう言ってせっかくできた虹色フクロウに触れた。

「こんなにきれいなのに？」

誠二はフクロウを見つめる。

ランダムにポーズを決める、フクロウの動きもなめらかだ。

「きれいなだけじゃつまらない」

篠崎、と、桑原は声をかけた。

シノ呼びではなかったことに警戒して彼は罠《わな》を前にした猫のように用心深く発言する。

「え、なんですか」

「おまえ、ＡＰ持ってるんだよな。応用情報技術者試験ってやつ」

「ええ、趣味で……」

ますます警戒心を強めている。反して桑原はよりいっそうご機嫌な笑顔になった。

「プログラミングは得意だよな。このフクロウ、呼吸と言葉に反応したら、楽しいんじゃないかって、思わない？」

「はい……？」

篠崎はキョトンとしている。

「どう思う？　おもしろそうだろ？」

「……まさか、とは思うんですけど」

篠崎が確認する。

「ほぼ完成しているこのフクロウに、風量センサーと音声認識のプログラムを搭載するつもりとか言わないですよね？」

桑原は嬉しそうに言った。

「察しがよくて嬉しいなあ」

「なに言ってるんですか、桑原さん！　無茶ですよ。できっこない」

「できっこないとか、好きじゃないんだよね」

桑原は背後にある魔王と同じ表情をしていた。悪戯めいて、最高に魅力的な。

「無茶ですって」

「でもほら、今はほかの仕事のスケジュールは入ってないだろ。そのほうが絶対受けるって。なあ、小野口はどう思う？」

小野口はしばらくフクロウを見ていたが、うなずいた。

「そうっすね。圧倒的に楽しそうっすね」

「小野口ぃー」

多勢に無勢になった篠崎は誠二に助けを求めてきた。

「どうするんですか、間に合わなかったら。ねえ、誠二さん。誠二さんだって反対ですよね？」

「え……」

虹色フクロウは翼を広げればその七色のグラデーションが目に眩しいほど美しい。このままでも内装デザイン課チーフの安藤を説得できるだけの材料、四分の一のアンケート独占は可能だろう。でも。

「やって……――欲しい、かも」

見てみたい。もっと上を。

「誠二さんまで」

篠崎が嘆く。

「ほら。クライアントもそう言ってる」

「でも、桑原さん」

「なあ、篠崎。絶対すてきなものになるぞ。それにな」

彼は篠崎の肩に手をかけ体重をかけた。かのゲーテの著作でファウスト博士を誘惑するメフィストフェレスさながらの甘い声で。

「できるかできないかじゃない。『やる』んだよ」

「ああもう！」

篠崎は叫んだ。根負けしたのだ。

「やりますよ。やりますけど。今から連動させるように変えるとしたら、相当調整が必要ですよ。責任、とってもらいますからね。桑原さん」

「おう、まかせとけ」

「もう、返事ばっかりいいんだから。また泊まりコースですよ、これ」

せっかく組み上がった「虹色フクロウ」は今や無残な姿をさらしている。背面の板

ってていた。


を外され、内部の基板からケーブルが伸び、その先は篠崎のノートパソコンへと繋がっていた。

　工房で頭にタオルを巻いた桑原が合図をすると、小野口が息を吸い込み、ふうっと吹きかける。風圧を感じたフクロウはのけぞり目を見張らせた。

「どうですか？　桑原さん」

　篠崎に聞かれて桑原は答える。

「んー。ちょい大げさかな。コンマ五秒、遅らせてくれる？　ゆっくりとね」

「はい」

　仕事帰りでまだスーツのまま、誠二はノートパソコンを覗き込む。

「これで制御しているんですか」

　篠崎はしきりとキーボードを叩いていた。

「ええ、そうです。実際はコンパイルしたプログラムを基板のフラッシュメモリに書き込んで、ですけど」

「はい、小野口。もういっかーい」

　そばで見ていた誠二は「これ、送風機かなんかで代用するわけにはいかないのか」と聞いた。

「だめ」

　桑原の答えはにべもない。

「実際に息がかかったときにセンサーがどう反応するかが肝心なんだから」

「じゃあ、吹きかけた息をサンプリングして初期値として定義してやったらどうだろう。パラメーター渡ししてやって」

　篠崎が納得している。

「あ、なるほど。それもそうですね。結局はデータって0と1ですからね。その信号を最適なタイミングで与えてやればいいわけだ。とは言っても最後には実際にやってみてテストしないといけないけど」

　最初やり直しを渋ったくせに一番熱心なのが篠崎で、細かな数値を入れては何度も試している。もしかしてずっと、こういうことをやりたかったのかもしれない。小さな工房だから、篠崎がオゴホゴの経理や営業を兼務担当してはいるが、彼は桑原と同じ美大出身だ。元より「作る」ことが嫌いなわけがない。

　誠二はおずおずと申し出る。

「俺にも手伝えることがあったら」

「そうだな。時間のあるときに簡単な補助と、それから今度の休日におまえの親父さんやお袋さんを呼んでもらえると助かる」

「え、え。なんのために？」

「音声のサンプルが欲しいんだ。いろんな人の声で動かないと意味ないだろ？」

「ああ……」

小野口が手を上げた。

「んじゃ、俺、ホスト時代の客に頼んでみますわ。女性はけっこう集まると思いますよ」

「おう、頼むわ。シノ。おまえ、去年の夏休み、近所の小学校で工作教室の手伝いしただろ。そのときの先生に連絡取ってみてくれよ。小学生の声が欲しいから」

「わかりました」

「俺は協会の地区長にかけあってみる。あの人、けっこう面倒見がいいし顔が広いから人を集めてくれるんじゃないかな」

ここからこっちは入ってはいけません。フクロウの周囲には黄色のロープが張られた。次々にオゴホゴに人が訪れる。高いヒールを履いた若い女性、先生に連れられた小学生、壮年の男たち、そして。

「なんだ、この騒ぎは」

誠二の両親も。誠二の父は昔の交通事故が原因で左足を少し引きずっている。

「ああ、なんだか大介が……」

誠二は言いかけて直す。

「桑原さんが虹色フクロウを作り直すから声と息のサンプルが必要だそうなんです」

今日の誠二はつなぎを着て、オゴホゴの一員のように振る舞っている。やはりつなぎ姿の小野口が、どこから持ってきたのか黄色い旗を振った。

「これで合図したら息を吹き込んでくださーい。そのあと、音声、お願いしまーす」

虹色フクロウに仕込まれた風量センサーが風の流れを感じ取り、集音マイクが声を拾う。それをデジタルの信号に直して記録していく。

フクロウに反応させたい言葉をみなが順番にマイクに吹き込んでいる。中には「ばか」とか「あほ」とか下品な言葉もあり、誠二の母親は眉をしかめた。

「なんですか、この言葉は」

「小学生は絶対言うから必要らしいですよ」

それを証明するかのように、子供は元気に「ばーか」と発音している。

「いいのか、録音スタジオを使わなくて。雑音だらけだぞ」

子供は騒いでいるし、久しぶりに会った元客と小野口は話しているし、地区長は鼻歌を歌っている。

「いいんですよ」

誠二は両親をフクロウの近くまで案内する。いくつものコードが這っているのでさりげなく、父親の腕を取って助けた。

「これでいいんです。美術館の中だって無音じゃないし、風の流れもあるので。実際に近いんです」

ほんとにお祭りみたいだな、と誠二は思った。「インドネシアのお祭りで張りぼて人形を載せた神輿」を示す「オゴホゴ」の名前のとおりに。

「帰ってこないのか」

順番を待つ間、椅子に座っている父親に言われて、誠二は曖昧《あいまい》に笑う。

「ここがいいのか」

あの男が。

言いたいことは山ほどあるだろう。どんな関係なのか。いつまで続けるのか。早川ディスプレイ四代目を誰に継がせるつもりなのか。それなのに、こちらを責めない。ごめんなさい、と言いたくなる。だが、それを口にしてはならないのだ。だってこれは「悪い」ことではないのだから。ただ両親の期待を裏切ることがつらい。

「おまえがいないと夕飯が減らない。たまには帰ってきなさい」

そう言い残して、声と息を吹き込み終わった二人は車で帰っていった。

声のサンプリングのあとは、調整の繰り返しだった。最高の一瞬を獲得するための、終わりの見えない試行錯誤だ。地道で、根気のいる作業を繰り返し繰り返し、完璧に近づけていく。

そして今。

虹色フクロウ。この、森の賢者は誠二の目の前に澄まして鎮座している。

「ばか」

罵倒《ばとう》に怒って毛を逆立てる。

「きれい」

胸を張って、次には羽の裏の七色のグラデーションを見せてくれる。工房の蛍光灯に照らされて、きらきらと輝く。

「好きだ」

フクロウは目を見張ると、体を斜めにして照れた。それから思いきってというようにくちばしを突き出してくる。キスを、しようとして。

誠二は笑った。

桑原の作るものが心の底から好きだ。自分をこんなに揺さぶってくれる、彼のデザインが大好きだ。

二階の部屋に行くと、換気扇下で喫煙していた桑原が煙草を揉《も》み消し、誠二に近寄ってきた。まだくすぶった匂いが残っている。

「楽しんだか？」

誠二が何をしてきたかなど、お見通しなようだった。

「ああ」

「なら、よかった」

シャワーを浴びてスウェット姿の桑原が誠二の身体に腕を回す。

「夜に二人きりなの、久しぶりじゃねえか？」

「そう言えば、そうだな」

最近は「虹色フクロウ」のためにずっと篠崎と小野口が泊まり込んでいた。

桑原の両手が誠二の肩にかかった。桑原のほうが身長が高いので、ずっしりと重みが来る。

「ちょっとどいてくれ。シャワーを浴びに行くんだから」

「おう」

彼は退いた。

「なあ、誠二」

彼がベッド上のものを放る。

「湯上がりに、それ、着てくんない？」

広げてみると、寝間着用の浴衣《ゆかた》だった。旅館に行くと出されるような麻の葉模様の綿《めん》の一重だ。

「どうしたんだ、これ」

「昔、おふくろが送ってきたんだよ。俺んちではみんな浴衣で寝てたの。こっちではスウェットだから着てなくて新品同様だぞ」

手にしてしばらく見つめる。

「……あの。誠二がいやだったら、いいけど……」

「着るよ」

丁寧に身体を洗ったあと、脱衣所とは名ばかりの狭い廊下を区切った一角で浴衣を身につけ、腰紐を前で結ぶ。迷ったが下着はつけなかった。

「……大介？」

部屋はほの暗い。ベッド脇のデスクの上では彼が作ったのだろう不規則な花びらを持つオレンジ色のランプの中で灯がともり、いつか夕日の中で彼の目覚めを待ったときのような色に部屋を染めていた。桑原はベッド上で上半身は脱ぎ、下はスウェットのままあぐらをかき、目を閉じていた。裸足《はだし》で近づきながら、ここが東京《とうきょう》の片隅ではなく、荒野のテントの中であるかのような錯覚に陥《おちい》る。桑原が目をあけた。

「……——誠二」

彼が手を伸ばす。

「来いよ」

眼鏡を外す。

浴衣の紐に手をかける。しゅるっと衣擦《きぬず》れの音を立てて紐はほどけて、ただ布一枚を羽織るだけになる。

ぐっと抱き寄せられ、ベッドに横たえられる。浴衣はすでにほとんどはだけていた。

上から彼が覗き込んでくる。

「最初に誠二と会ったとき、こんなにきれいな子がいるのかと思ったよ」

「あのとき、中学一年だぞ？」

「そうだよな。誠二はまだ眼鏡をかけてなくて。睫毛《まつげ》が長いのがよくわかって、目の色が薄くて。輝いていた」

「おおげさな」

「ほんと」

口づけはこめかみに落とされる。

「だから、大学受験の頃、眼鏡をかけることになったときには、ちょっと安心した。誠二が素顔をさらさなくてすむから」

「そんなこと、考えていたのか」

確かに誠二が眼鏡をかけたとき、桑原はとても嬉しそうだった。よく似合うぞ、と、言っていた。まさかそういう理由だったとは。

「そんなことばっかりだよ。俺は」

「よく、手出しせずに我慢できたな」

感心して言うと桑原が吹きだした。

「おまえに言われるとは思わなかった。そうだな。我ながら感服するよ。でも、あともうちょっとだったのにな」

「あともうちょっと？」

「うん？　虹色フクロウの設置が終わったら、一息つこうと思ってさ。おまえもいったんうちに帰れよ。親父さんが心配してるぞ」

「でも」

まだいい返事をもらっていない。それになんだか不安なんだ。この工房がどんどん空っぽになっていく気がして。いつも自分と共にあった濃密な色と形が希薄になっていく気がして。こわいんだ。

「俺は、おまえの会社と仕事をする」

桑原が断言した。

「え」

突然の申し出に驚く。なんで。今になって？

「ほ、本当に？　あんなにいやがっていたのに」

「嘘はつかない。だからもうここにいる意味ねえだろ」

この上なく優しい声で、上機嫌で彼は言った。

「とりあえず家に帰れ。な？」

「うん」

彼が身体のラインを確かめるように何度も腰骨を撫でる。

「銭湯で見たおまえの裸があんまり完璧すぎてさ、たった今、雪花石膏《アラバスター》から掘り出されたみたいだと思った。おまえのほくろって完璧すぎるから神様がわざとつけたんじゃないか？」

そんなあきれたことを言って、だから俺はこのほくろが好きなんだ、と、桑原は付け加えた。

ほくろの位置を気になどしたことはないけれど、何度も彼が口づけるので。その厚みのある肉感的な唇で熱い息を刻むので。どこにあるのか、今は正確にわかっている。さあ早くキスをしてとその場所が彼に訴えている。

顎のほくろに彼が唇をつけてくれる。そして舌先が押し出され、舐め取られる。

「こうしてるとだんだんおまえの白い肌に血が通ってきて、体温が高くなってきて、ちゃんと雄の匂いがして、ここが」

そう言われてペニスを握られた。

「こんなふうに」

桑原の手が作る筒にペニスをしごかれ、やがて音が粘くなる。

「石像に血が通って動きだしたみたいなんだ。誠二としてると」

何を言っているんだ。石像とやらがこんなに奥が疼くか。どこもかしこもその指で撫でてと訴えるか。

彼の無精髭を指先でなぞる。上から下へさらりと。それから、下から上へざらりと。

「するときに、これが、くすぐったい」

ちょっと、痛いくらいに。

「でも、それがいいんだ」

「うん？　こう？」

桑原は誠二の耳の下、柔らかいところに首を突っ込んできた。

「あ、ん……っ！」

「やらしい声」

嬉しそうに桑原は言うと、ペニスを包んでいる輪を狭める。

「大介、だめ。そんなこと。そうされたら」

まだ始まったばっかりなのに。これからなのに。

「いっちゃう……っ」

小さく声をあげるのと、まぶたの裏に閃光が見えてびくんと身をのけぞらせ、絶頂を迎えたのは同時だった。手の中の精液を、ぺろりと桑原が舐め取る。

「ちょっと待て！」

かっと、それこそ、身体中に火が散ったようだった。なんて恥ずかしいことを。

「おまえ、やめろ」

ティッシュで拭き取ればいいだろうに。

「そんなもんをわざわざ」

腕を取ってやめさせようとするのだが、彼はもうすっかりと手のひらについたものを舐め取ってしまっていた。

「なんで……」

「なんか、もったいなくて」

その気持ちが、わかる気がするのが情けない。

「お、俺も」

「うん？」

「俺も、する。してやる。口で」

凄い光景だな、と、桑原が言った。まだ誠二は浴衣を羽織っている。そこから白い腿をあらわにして桑原の足をまたぐと、ひざまずき、スウェットを引き下ろして彼のペニスを唇に迎え入れた。半分勃《た》ち上がったペニスがみるみる硬くなり口腔内に満ちてくる。鼻を独特な青臭い匂いがついた。放出は近いはずだ。けれど、未熟な自分の舌は彼を絶頂に導くことはできない。じれた桑原が低くうめいてわずかに腰を浮かせる。喉を突かれてえずきそうになって口を離す。

「ごめん、誠二。大丈夫か？」

「俺こそ。上手じゃなくてごめん」

「ばっか」

ぎゅうと抱きしめられて浴衣と身体の隙間をくまなく手で撫でられる。

「ん、ん……」

何度も口づけながら、桑原が自分のスウェットを下着ごと蹴り脱いだ。舌がくすぐったい。無精髭が痛がゆい。少しも豊かではない胸を何度も舐められ、最後に乳首を強く吸い込まれると、痛いのにペニスの芯がずきずき疼いて硬くなって、なんだかもう、自分が自分ではなくなっていくような心地がする。

獣めいた本能に支配される身体のうちで、ただただ強く結びあいたい、できたら融けたいと願う。

腰の丸みを確かめるように彼の手が這う。ジェルを纏ってさらに奥に進んでくる。

「俺と、こうするの、好きか？」

聞かれて、驚く。

「いやだったらしないだろ」

「誠二……」

彼はひどく切なく、自分の名を呼んだ。

「誠二……──！」

なんで。

誠二は思っていた。どうしてこの人はこんな呼び方をするんだろう。すぐにまた会えるのに。

それなのに、なんで。

これが最後みたいに。もう、自分がいないみたいに。抱きしめ、名前を呼ぶんだ？

自分のほうは、飴をねだる子供みたいに、ただただ彼が欲しくてたまらないだけなのに。

袖を抜かないまま、足を彼に絡める。

なぜだろうと思いながらも穿《うが》たれる杭の熱さに喘ぐことが精一杯だった。

「あ……っ！」

彼のものを受け入れて達するときに自分にも火花が見えた。眩しくてさわれないほどの熱さで散る。自分と彼を強く結びつけ、離さない。

「大介……!」

彼の首に手を回し、引き寄せる。奥深くに自分ではない体温が広がる。

抱きあいながら、荒い息を整える。時を刻むのに似た心臓の音、背の汗ばんだ手ざわり、軽く咥えた彼の耳たぶの輪になったピアス。それらがオレンジの灯りの中で輝き、そして静かに誠二の中に降り積もった。

「秘密の森の美術展」は活況を呈していた。

プレスデイを終え、一般入場も日程半ば。春休みだということもあって、平日でも連日行列ができている。土日には整理券を発券しなくてはならないほどだ。警備会社との打ち合わせが追加され、イベント事業部は休みなく働いている。嬉しい悲鳴、というやつだ。

最初のアンケートの集計が回ってきて、誠二は思わずガッツポーズを取った。秘書がこちらを見て微笑《ほほえ》んでいる。

アンケート結果で「虹色フクロウ」はダントツのトップ。なんと半数に選ばれてい

る。あとの半数の中にも「虹色フクロウに話しかけたかったけど、人がいたから」「並んでいたのであきらめました」との意見が目立つ。マスコミにも多数取り上げられている。

手応えを感じている。これなら内装デザイン課の安藤を説得できる。

自分が。「工房オゴホゴ」を大きくする。そしてあのデザインに助けてもらう。

社内電話が鳴った。

「はい、早川です」

『あの、な』

「お父さん……?」

言い直す。

「社長」

珍しい。引き継ぎが一段落した今、会社で父と話をすることは、ほとんどなくなっている。

『おまえが肩入れしている工房オゴホゴだが。フランスに行くそうだぞ。知っていたか?』

「え?」

『さっき、経済番組で「秘密の森の美術展」を取り扱っていて、キャスターがそう言っていた。拠点をフランスに移すと』

「何を馬鹿《ばか》な」

『録画しておいたんだが、観るか？』

電話を切ると、大股で部屋を出た。ノックもせずに社長室に入る。社長室隣の会議室には大型モニターが設置されている。父がレコーダーのリモコンボタンを押し、再生が始まった。

「秘密の森の美術展」の様子が映る。家族連れの感想や、子供が言葉を発して遊んでいるところとフクロウの反応、それが終わると桑原へのインタビューが入った。短いものだったが、キャスターが「今後はフランスに拠点を移されるそうですね」と水を向け、桑原が戸惑いながらも「はい」と返事をしていた。

「聞いてない」

嘘だろう。ついこの間、言ったじゃないか。一緒に仕事をすると。あれは自分を帰すためのその場しのぎだったのか？　ぐっと唇を噛みしめると誠一は車のキーを握りしめた。

一度確認すれば、そうしたら納得するんだ。

彼の口から、ちゃんと聞けば合点がいくんだ。

うららかな春の日。明るい日射《ひざ》し。

オゴホゴの駐車場に立つ桜の木は誇らしげに満開の花をつけていた。慌てたせいで斜めにとめてしまった車から下りてきた誠二の足元、そして髪にも、桜の花びらが落ちてくる。

「大介！」

事務所の鍵はあいていた。一歩、作業場に足を踏み入れて、誠二の動きは止まる。工房はすでに眠りについていた。リースで借りていたのだろうアーク溶接機や大型ミシンや業務用送風機が、姿を消していた。

人の姿がない。階段下から様子を窺うと二階で物音がしていた。

「大介！」

二階に上がっていく。階段途中で呼ばれた気がして振り向く。魔王が「もう遅い。今までおまえは何を見ていたんだ。もう遅いんだよ」と言いたげに笑っていた。ぐっとそれを睨みつけて駆け上がる。

部屋で桑原は自分の荷物を段ボール箱に入れているところだった。

「大介、なんだよ、これ！」

「ばれちゃったか」

悪びれもせず、彼は言った。

「フランスってなんだ。聞いてない」

「うん、言ってないからな。向こうにいる知り合いから、仕事を手伝わないかって話があって。いい機会なので勉強がてら工房全員で行こうかなって」

こんな話がつい最近出たわけがない。ずっとずっと準備をしていたんだ。自分を抱きしめたその手で航空券を取り、リース機材解約を申し出て、荷物の梱包《こんぽう》計画を立てていたんだ。

「嘘、だろう」

「本当だ。あと一週間したら日本をたつ」

「フランスのどこ」

「内緒」

「いつまで」

「さあ」

「俺も行く」

「だめ」

「大介」

彼は平然としていた。まるで白菜が余っていたから鍋にした、というような調子で淡々と口にする。

「だから言いたくなかったんだよな。おまえに言ったら一問着《ひともんちゃく》あるから」

「一問着って……なんだよ」

桑原は誠二に告げた。

「おまえと、あんな関係になるべきじゃなかった」

耳を疑う。

手を出してきたのは、おまえのほうだろう。そして。そして。おまえは、俺を愛してくれただろう？

「自分でもひどいことを言っているのはわかってる」

ひどい、とか。そういうレベルの話なんだろうか、これは。

足元が崩れていくようだった。地面が揺れて立っていられない。

なんだろう。笑いそうになる。信じられない悲劇が起きたとき人はまず笑うものだと大学の教授が言っていた。そんなものかと思ったけれど、今、まさに、自分がそうだ。

笑いだしそうなのに、目の前がぼやける。涙でにじんでいる。

桑原が寄ってきたので一歩下がる。

「花びらが、ついてたんだよ」

彼は手を伸ばすと髪からピンクの花弁をつまみ取り、微笑んで宣言した。

「俺を待つな、誠二。おまえを自由にしてやるよ。好きにしろ」

がんがんと耳鳴りがしていた。自由なんていらない。

自由なんていらない。ついさっきまで、浮かれていた。確かな未来図を描けていた。

今はどうだ。息をしているのかどうかさえわからない。

桜は咲ききり、やがて散って。

オゴホゴの皆は旅立っていった。

あっけなく、断ち切られた絆《きずな》。

桑原は自分のことを好きなのだと信じていた。そう思い上がっても無理はないだろう。あんなに自分のことを抱きしめてくれて、肌を重ねて快楽を分かち合ったのだから。あれは、自分を慕う相手をむげにできなかっただけなのか。同情だったのか。本当は迷惑だったのか。遊びに過ぎなかったのか。撫でられ、舐められ、穿たれ、ひとつになって抱き合ったのに。

今となっては何もかもが霧の中に紛れたように定かではない。

父親にちゃんと食べなさい、と言われてうなずく。テーブルで両親と夕食をとっている。

ずっと、自宅から会社に通っている。母親の料理はいつもと同じでおいしいはずだ。それなのに、口の中の物がどんな味なのかよくわからない。ただ、咀嚼して飲み込む。食べないと両親を心配させるから。兄が亡くなってからずっと自分の一番の関心事は両親を悲しませないことだった。桑原とこんな関係になるまでは。

砂を噛むようだ。気を許せば、記憶を反芻《はんすう》して咀嚼さえ止まる。

いつだったか桑原はアーク溶接の話をした。ふたつのものが融解してくっついて離れなくなると。嘘つき。嘘つき。おまえにとって俺は、簡単に剥がしてしまえるものだったくせに。

「あの工房は」

父親が口にした。はっと現実に返る。

厳つい顔がこちらを見ていた。

「結局、どうしたかったんだ」

「さあ……。どうだったんでしょうね……」

「あんなに、おまえが力を入れていたのに」

怒ったように言われた。

「あれは。僕が、勝手に、思い入れていただけなので……」

あの工房に熱を上げていたのは、桑原のことが好きだったからなのかもしれない。アケビ色の大字《だいじ》の時計は見ているのがつらいので会社のデスクの奥深くにしまってある。

「もしかしたら、僕の思い違いだったのかもしれません。オゴホゴに、それほどのものがあったかどうか」

今はもう、それさえわからない。

桑原、桑原。おまえは存在していたのか？　俺のことを抱いたのか？　愛をささやいたのか？　あれはすべて自分の作り出した幻影じゃないのか？

もし、そうだとしても。

寂しい。寂しい、寂しい。俺が寂しいことに変わりはない。

昼はまだいい。会社で仕事をしている間は。家に帰って布団に入ってから朝までが長すぎる。桑原のことばかり考えてしまう。「どうして」とか「なんで」とか。疑問ばかりが宙を舞う。

この堂々巡りから解放されたい。何もかも忘れたい。そしてこの寂しさを埋めて欲しい。誰でもいいから。


スマートフォンから検索した。「同性の相手が見つかるバー」。有名な新宿二丁目はなんとなく避けた。

初心者にも優しいし出会える率が高いとあったそのバーは「エイプリルラビット」という名前で、入り口看板上では作り物の兎《うさぎ》が可愛い尻を見せている。兎はその愛らしい外見に反して性欲が旺盛で雌がぼろぼろになるまでセックスすると聞いた。性欲のシンボルだ。私服の誠二はドアをあけて身をすくませた。店にいる男たちの視線が自分に集中していた。

店内は、思ったよりもずっとシックで落ち着いていた。壁にはロバート・メイプルソープふうのモノクロ男性ヌード写真がずらりと貼られている。

店内の色調も色数を抑えられていて、それだけに正面カウンターに飾られた極楽鳥花を中心とした鮮やかな花たちの投げ入れが印象的だった。

カウンターに座ると「カルーアミルクとキュウリのサンドイッチを」と注文する。まだ若いマスターが「かしこまりました」とうなずき、調理にかかる。彼はじつに手際よくサンドイッチとカルーアミルクを作り、誠二の前に並べた。これを食べたら出て行こう。この店にいるうちから一人を選び、声をかけ、そつなく会話を交わし、しかるべきのち誘う。そんな技量も度胸も自分にありはしない。

サンドイッチを一口かじったとき、すっと隣に誰かに座られた。

「一人か？」

どきりとした。

声が似ている。無精髭を生やしているのも同じだ。

「一人は寂しいよな」

声と髭しか似ていないのに。

彼はこんな服を着ない。唇の形が違う。指が違う。

「飲んだら、行かないか？」

どこへだろう。ついて行ったら、どこか違うところへ行けるんだろうか。今のここじゃない、どこかに。

カウンターの中を見る。マスターは呑気《のんき》にスマートフォンを弄っていた。

知らないところに行く。それもいいかもしれない。

誠二がサンドイッチを食べ、カルーアミルクを飲み終わるまでには長い時間がかかった。男は根気強く待っている。

「ごちそうさま」

「じゃあ、行こうか」

従いそうになったそのとき、ドアが開いた。足音がまっすぐにこちらに向かってくる。

「それ、俺のツレだから」

言われて肩を抱かれる。

「え」

振り向き、意外な顔を見て、自然と声が漏れた。

「安藤……」

内装デザイン課のチーフがカラフルなジャケットを着て立っていた。安藤のほうも驚いたのだろう。一瞬、目を見張ったが、平然としたふうで誠二の隣に座った。声をかけてきた男が「あ、ごめん。待ち合わせだったんだ。だったら言ってくれればいいのに」と、おとなしく引っ込む。誠二は「安藤。なんで、ここに?」と素直に口にする。

「マスターから連絡を受けたんですよ。なんか危なっかしいのがいるから助けに来てくれって」

マスターのほうを見る。彼はこちらを見もしないでつまみ用の砂肝を炙《あぶ》っていた。

「そんな、余計なことを」

「余計じゃないでしょ」

安藤にぐいと手を引かれた。

「行きましょう。マスター、ごめん。つけといて」

マスターはちらっとこちらを見るとうなずいた。

まるで先生に怒られる生徒のように安藤について行く。ひなびた百貨店の裏を通り、個室のある居酒屋に入ると、掘りごたつのようになっているくぼみに足を入れる。

いらいらと安藤は灰皿を引き寄せるとまた遠ざけた。

「吸えばいい」

「いいです」

ああ、あなたは。と彼は頭を抱えて言った。

「社長代理は……」

「早川でいい」

彼は言い直した。

「早川さんは、ほんとに男が欲しかったんですか。誰でもよかったんですか。知らない相手と寝るってそれなりのリスクがありますよ。特にあなた、たまに業界誌にも顔が出ていますし、脅される可能性だってある。そこまでわかって、行動するんだったら何も言いませんけど」

「ああ……。そうだな……。思慮不足だった」

「早川さんは、同性愛者なんですか？」

しばらく考えてから答える。

「そう言えるのかもしれない。男としか寝たことないから」

「何人と」

「一人」

はあ、と、安藤はあきれたように息を吐いた。

「あの。恋人と不特定多数ってまったく違うんですよ。相手が早川さんのことを大切にしないで、傷つけたり、薬を打ったり、最悪殺される可能性だってある。早川さんは見るからに、か弱そうだし、相手が体格で勝《まさ》っていたらどうにもならないでしょう」

俺なんかがこういうこと言うのはなんですけど、と安藤は言った。

「自分をだいじにして下さい」

口許が緩んだ。

「何、笑ってるんですか」

彼は他人を心配するあまり激している。

「内装デザイン課ではしょっちゅう安藤の怒鳴り声がするそうだが、異動を願い出る人間がいないのは人徳だな」

「俺の査定はいいです」

「すまん」

彼は落ちつかなげにビールを飲んだ。

「今日の早川さんのこれ、オゴホゴと関係あるんですか？　いきなりフランスに行ったって聞いて驚きました。俺はまた、これは早川さんのもくろみ通りにあの工房がパーキングエリアの内装デザインをやることになるんだろうなって思っていたんですけど」

誠二は口を噤《つぐ》んでいた。オゴホゴの社長と寝ていたと言えばそのせいでひいきをしているると思われるだろう。

ていると思われるだろう。

「あのね。いくら俺でもあそこまでやられたらオゴホゴの実力を認めますよ。悔しいけど、器が違います。あのフクロウの前、プレスデイでも一般でもぎっしりでしたから。俺もやりましたよ、二時間待って。思い切り『馬鹿野郎』って言ってやりました。悔しくて。なんであんなにおかしいんだ。あのフクロウ。変ですよ、あれ作ったやつ」

そうなんだ、と、同意をする。

「変なやつなんだ、桑原は」

出会ったときには異世界にある木の実や動物みたいなものをたくさん、ござに並べて売っていた。

廃鉄工所をリフォームした工房で壁に絵を描いていた。

自由気ままな男。

それでも彼を慕う後輩が集まって仕事をサポートしていた。

気がつけば、桑原のことを洗いざらい安藤に話していた。どうしてだろう。親にも話したことがなかったのに。安藤が黙って聞いていてくれていたからか。馬鹿にしなかったからか。

社員にこんなことを話したらいけないとどこかでは思っても、今まで桑原のことを口にする機会がなかったのだ。ただ心のうちに膨れあがるだけだったのだ。もう止められない。

桑原は、俺のことを好きだったと言った。抱きしめた。暴き立てた。強く結びあった。そして引き剥がし、行ってしまった。

だから。この心の中に彼のむしり取った痕《あと》があるから。こんなにも、痛いのだ。

「本当に、好きだったんだ」

心から。彼の目も髭も唇も指も、何もかもが愛《いと》おしかった。そして。

「初めての、恋だったんだ」

黒縁眼鏡の安藤は、憮然《ぶぜん》とスモークチーズを口に運んでいたが、ぼそりと言った。

「ちょっと、うらやましいです」

「はあ？」

安藤に言われて誠二は聞き返す。

「うらやましい？　俺が？」

こんなみっともない失恋をして、あろうことか男漁《あさ》りをしようとしたところを、社員に見咎《みとが》められた自分が？

「そんな超弩級《ちょうどきゅう》に傷つく恋愛って、滅多にあることじゃないですよ。そして誰にでもできることじゃない。頼みます。その思い出に砂をかけるようなことだけはしないで下さい」

気を紛らわす相手を見つけようとして社員に見つかり、説教されるなど。予想していない事態だった。

ここまで失態を演じるといっそすがすがしい気分になる。

「エイプリルラビット」で飲んだカルーアミルクの酔いが、いい感じに回り始めていた。

「君は、今までに何回か、恋をしたことがあるのか？」

「……まあ、両手以上は」

「変なことを、聞いてもいいか？」

「え、え。いいですけど」

安藤が警戒する。何を聞かれるかと思っているのだろう。ずっと思っていて、そして、誰にも問えなかった疑問を口にする。

「夜になると身体が寂しくてたまらないんだ。こういうのってそのうちおさまるものなのかな」

安藤がテーブルに突っ伏す。

「あ、悪い。驚かせてしまったか」

「……いえ。だけど、ひとつだけ言えるのは、それはほかの男で埋められるようなもんじゃないでしょってことです」

「そうなのか？」

「やばいですよ。早川さん、ここで踏みとどまらないと転落します」

「転落なんておおげさな」

おおげさじゃないと安藤はまじめな顔をして言う。

「さっき、知らない男について行こうとしたでしょう。どこか元彼と似ているところがあったからじゃないですか」

言い当てられてしまった。

「……なんでわかる」

「わかりやすすぎです。そのあと、どうなるか知ってますか。今度は違うところが気になるんですよ。そして次から次に男を変えることになる。そうして自分をすり減らすんです」

誠二はじっと安藤を見た。身長が、似ていた。

「ちょっと、立ってくれないか」

「は？」

半ば無理やり彼を立たせる。

「抱きついてもいいか」

返事を待たずに彼の身体を抱きしめる。身体つきが桑原に似ていた。煙草の匂いがするところも。でも、そこだけで、桑原ではない。声も手も、そしてたぶん自分を撫でる手つきもペニスの形も違う。そう。彼の言うとおり。誰かと付き合ってもあっという間に自分は、冷めていく。

神様は、なんと残酷な芸術家であることか。ひと一人を決してほかでは取り替えの利かないように作り上げている。

離れると、安藤は難しい顔をしていた。

「我慢、するんですよ」

「我慢か」

「ええ。みんな寂しいんです」

「そうか。みんな寂しいんだ。なるほど」

耐えるしかないのか。これに。

腹をくくったら急に腹が減ってきた。席に着くと箸で揚げ出し豆腐を切り分ける。

ウーロン茶が喉に染み渡る。

はっと気がついた。

「そう言えば、あそこに来たということは、君は男のほうが好きなんだな」

「今、それを聞きますか。……――クビになったりするんですか、俺」

「え、どうしてだ?」

キョトンとした。

「俺自身に男の恋人がいたんだぞ。第一、君の性嗜好《しこう》と仕事は関係ないだろう」

「全経営者が早川さんみたいに聞き分けてくれると助かるんですが。……俺も、決して言いませんから。早川さんも口外しないでくれると助かります」

「そうだな。わかった」

断ち切れないし、ほかで代替えが利かないなら、慣れるしかないのだ。この寂しさに。

「今日は、ありがとう。ここはおごる」

「接待費で落とさないで下さいよ」

「そんなことはしない」

彼の冗談に笑えるくらいには気持ちが落ち着いていた。


忘却は優しい。時間が、桑原のこともオゴホゴのことも、そして別れの痛みも薄れさせていってくれた。

天気がいいとか、食べ物がおいしいとか、父から社長職を正式に受け継ぎ忙しくなったとか。日常に癒やされていく。

それでも、彼を想《おも》ったその気持ちをすべて消すことはできなかった。ただ、それに慣れた。痛みを持っていることに。

彼への想いは自分の中で凝固している。たまにその埃を払い、眺める。そしてまたしまっておく。

季節は、盛夏を迎えていた。

黙っていても汗がしたたるこの時季は車通勤をしている誠二でもスーツがつらくなる。会社の地下駐車場で車を出た途端に貧血を起こして倒れそうになり、いいかげん、会社の近くに居を構えようかと考えながら、社長室に入る。初代社長である祖父、二代目社長の父の写真の隣には、しゃちこばった顔をした自分の写真がある。

早川ディスプレイ三代目社長。それが今の誠二の肩書きだ。

デスク上に秘書が用意した書類を見る。「メゾン・エ・オブジェ」九月展への出展予定リストがその中にあった。

「もう、そんな季節か」

メゾン・エ・オブジェは、フランスのパリ郊外にあるパリ・ノール・ヴィルパント見本市会場で開催される家庭内インテリアおよびデザインの国際見本市だ。日本で一番大きな見本市会場である東京ビッグサイトが約八万平方メートルなのに対して、ノール・ヴィルパント見本市会場は二十四万六千平方メートル、ざっと三倍以上の大きさがある。その巨大な会場で年に二回、一月と九月に五日間ずつ開かれ、一年換算で六千以上のブランドが出展し、のべ十四万人が世界中から訪れる。申し込んでも必ず出られるとは限らない。審査ではねられることも多く、この見本市に出展できること自体が一種のステータスとなるほどだった。

誠二も三年前に出向先のデザイン会社の仕事で訪れたことがあるのだが、日本と違って全日ビジネスデーであるため、人でごった返した会場内ブースのあちこちで各国バイヤーによる商談が行われ、熱い会場をさらに熱気のこもったものにしていた。

社長室で「メゾン・エ・オブジェ」の出展リストを確認して、声を漏らす。

「凄いな。今年の九月展には日本から『now!』に出展する会社があるんだ」

メゾン・エ・オブジェの会場はカテゴリー別に八つのホールに分けられている。テーブルウェア、食品、家具……というように。中でももっとも注目され、全バイヤーが一度は足を運ぶと言われているのが8ホールの「now!」、すなわち最先端デザインカテゴリーだった。ここに出展を許可されるということは「このデザインが今後世界をリードする」とお墨付きをもらったようなもので、当然ながらどのカテゴリーより審査は厳しく競争率も高く、日本企業の出展はこの数年なかったはずだ。

「どこだ？」

付き合いのある会社なら話が出そうなものだが。興味を持ってページをめくる。

くらりとめまいがした。

遮光ガラス無しでアーク溶接を見たかのような、衝撃。

蝉の声が急に耳に痛いほど響いてきた。しばらくしてから、今いる社長室は十二階で、そんなものが聞こえるはずなどなく、際限なく耳鳴りがしているのだと気がつく。

息を吸う。吐く。

気を落ち着けて、ページを繰り直す。「メゾン・エ・オブジェ『now!』出展予定『工房オゴホゴ』代表／桑原大介」。何度見直してもその文字は変わらなかった。出展のための審査作品は「魔女の館の道具たち」。日本国内の工房と手を組んで作った、猫足の椅子や木の匙やダークレッドに金の模様の皿やカップ。それから、ランプや自分が持っているものに似た形の時計。

略歴を見る。東京都足立《あだち》区Kにて工房運営。メゾン・エ・オブジェ出展のため渡仏中とあった。

大介、大介、大介。

なんでこんな形で現れる。捨てておいてくれないんだ。

「社長」

秘書が声をかけてきた。

「内装デザイン課から内線が入っています。社長に至急の用事があると言っていますが、どうしますか」

内装デザイン課。安藤か。

「繋いでくれ」

「かしこまりました」

社長室のデスクで内線電話を取る。

『安藤です』

「メゾン・エ・オブジェの出展リストを見たのか？」

『出展リスト？』

彼はまだリストには目を通していないようだった。

「いや、いい。どうした？」

『八月末日締め切りでうちが募集しているショッピングモールの内装デザインコンペに、工房オゴホゴが応募してきました』

ざっと頭の中で計算してみる。メゾン・エ・オブジェの出展とコンペ応募は完全に重なる。

「まさか。本当にあのオゴホゴか？　同名の別会社じゃないのか？」

『いえ、代表者は桑原大介。間違いないです。だいたい、デザインが、あそこのですよ』

——おまえの会社と仕事をする。

桑原が、そう言っていたことを思い出した。

『応募書類、そちらに回しましょうか』

「頼む」

俺は、と、安藤は付け加えた。

『俺はこれ、すごくいいと思います。これを作ってみたいです。この工房と組んで』

安藤が気むずかしい顔をして自ら書類を運んできた。受け取ると誠二は、秘書に邪魔をしないように告げて応募用紙を広げる。設計趣旨、材料と塗料の指定、工程の概要、おおよその費用の算出。

そしてイメージのラフデッサンが数枚。CGでもパースでも模型でもなく、色鉛筆で描かれている。彼の——桑原大介の——色彩が誠二の目に飛び込んできた。

そのデザインは南国をイメージしていた。実が生《な》って動物が寝そべっていて、水が流れていて。天井から光が降り注ぐ。空中に浮かぶ回廊には蔓草が絡む。豊かで、騒々しい空間。いつか彼と作りたいと願っていた世界が広がっている。

胸が締めつけられる。知らずに涙がにじむ。あの蝶を見たときと同じだ。あまりに美しくて、喜びが溢れて、止まらなくなる。

桑原と別れてから、あの工房と組みたい気持ちが彼のデザインゆえなのか、それとも自分が桑原に惹かれていたから思い込んでいただけなのか、わからなくなっていた。でも、今、答えを得た。

間違いじゃなかった。工房オゴホゴのデザインを素晴らしいと思う気持ちは、嘘偽りなく本物だった。

デスクからアケビ色の時計を取り出した。握りしめた。離した。笑えてきた。

桑原大介。

おまえの作品が好きだ。大好きだ。おまえの作り出すものは素晴らしい。おまえを失ったこのつらささえ、慰めてくれる。

この身体に本来備わっている、明るいところに向かっていこうとするちからに浮力を与えてくれる。おまえと仕事ができることが嬉しい。たとえ、自分にあんな仕打ちをしたおまえでも。

誠二と桑原との再会は、あっけないものだった。

メゾン・エ・オブジェを終えて一時帰国した桑原に早川ディスプレイ本社に来てもらい、契約書に署名捺印《なついん》してもらったのだ。

桑原は少し頬の線がシャープになって日本の色使いではないシャツとスーツを着ていた。

自分は平然と対応できたと思う。

ただ、握手をしたときだけは。

その節のある指をこの手に感じたときだけは。

奥深くにある想いの結晶が痛みを訴えていたけれど。

それでも、広報担当が撮影した写真ではそつなく笑えていて、誠二をほっとさせた。

メゾン・エ・オブジェで「工房オゴホゴ」は連日大混雑で、成約件数もほかの日本企業とは桁違いだったと聞いている。その工房が早川ディスプレイとタッグを組んだことはメディアにも業界にも注目されている。

工房オゴホゴと仕事をする。

彼らと一緒に大きくなる。

ずっと成し遂げたいと思っていたことが予想もしなかった形で実現したことになる。

年が明けた。

父親が理事長を務める関東ディスプレイ協会の新年会に、誠二は安藤と出席していた。都内ホテルのレストランを借り切った立食パーティで、さかんに名刺交換がされている。

シャンパンに口をつけるふりをする。

誠二は酒に弱い。ほんの少しのアルコールで真っ赤になってしまう。フルートグラスの中で泡は、とっくに消えてなくなっていた。

会場は三階にあるため、窓からはホテル自慢の日本庭園が一望できる。

突き抜けたように明るい冬の空。去年のこのときには、自分は工房オゴホゴに向かって車を走らせていたのだっけ。なんとか、自社と仕事をして欲しくて。

「あ」

思わず、声をあげてしまった。一緒にいた安藤に気づかれてしまう。彼がつぶやく。

「桑原大介……」

会場に桑原がいた。すでに何人かに囲まれ、さかんに話しかけられている。拠点をフランスから日本に戻すとひとづてに聞いてはいたが、このパーティに出席していることは知らなかった。だいたい桑原は自分がオゴホゴにいた頃には一度もこの手のパーティに出たことはなかった。

珍しい。いや、もしかしたら新生オゴホゴとして顧客を積極的に開拓しようとしているのか、もしくは新たなビジネスチャンスを狙っているのか。

かつて自分を抱きしめたときと同じ。長い髪を後ろで紐でまとめて、左の耳にはふたつの輪。

スーツを少し着崩して、裂いた麻布のネクタイをしている。

桑原を長く見過ぎたか、気がつかれた。視線が合った。

彼が近づいてくる。

心臓が高鳴る。桑原に傷つけられたことを覚えている心臓が、何を言われるのかと怯えている。

「誠二」

名前で呼ぶな。その声で呼ばれると、懐かしさが痛いんだ。誠二は気を落ち着けて応対する。

「桑原さん」

桑原の眉がひそめられる。

「桑原さん……？」

「契約の際には社までご足労、ありがとうございました。ご活躍のようで何より。うちとの仕事も順調で喜ばしい限りです。引き続きよろしくお願いします」

「ちょっと、いいか？」

口を噤む。いやだ、と言いたかった。だが、何も言うことができなかった。

腕を掴まれ、やや強引に引っ張られる。

「早川さん！」

安藤が追ってこようとする。

「いい。大丈夫だから」

それを手のひらで押しとどめた。

「でも」

「平気だから」

隅にしつらえられた立ち飲みのバーカウンターまで引きずられるように移動する。そこには人がほとんどおらず、誠二はカカオフィズを、桑原はドライマティーニを注文した。

しばらくの間、二人は無言で隣り合っていた。酒に口をつけるでもなく、ただ並んでそこにいる。

前にもこうして桑原と酒を飲んだことがあった。国道沿いの屋台のおでん屋でのことだ。二人きりの外出に、自分はたいそう浮かれていた。

誠二の記憶は、あの日の桑原とのことを勝手にたぐり寄せ始めている。屋台の丸椅子に腰掛けて覗き込んだおでん鍋の湯気、桑原が半分わけてくれたちくわぶのうまさ、彼の言葉のひとつひとつ、帰りに交わした口づけの感触までも。

桑原が低い声で聞いてきた。

「……怒ってるよな？」

怒っている？

「いや」

怒ってなどいない。彼が自分のもとから去って行ってしまってから、空しくはなったけれど怒ったことはない。

「変わってないな、誠二は」

「どうかな」

そんな目でこちらを見ないで欲しかった。

微笑まないでくれと願った。

これは拷問か？　一刻も早く立ち去りたい。

「そんな恐い顔するなよ。ちゃんとおまえの会社と仕事をすることになっただろう。おまえの望んだとおりに」

「そうだな」

「けっこう、たいへんだったんだぞ。メゾン・エ・オブジェの支度とコンペの草案を同時に進行するの」

「そうか」

桑原は物足りなそうにこちらを見ている。

で？　おまえは俺にどうしろというのだ。「よくやったな。さすがは桑原大介だ」と褒めろとでも？

「おまえにはつらい目に遭わせて申し訳なかったと思うけど。でも、あれは俺に必要だったんだ。唯一の誤算は渡航前におまえに手を出したことだ」

「もう、行ってもいいか？」

これ以上、話をしたくない。おまえにとっては「誤算」でも、自分にはたいせつな思い出だ。踏みにじられたくない。

「待てよ！」

左腕を掴まれて、しかたなくとどまる。

桑原はじっと手元のマティーニを見ていたが、片手で一息に呷った。それから空のカクテルグラスを見つめたまま聞いてきた。

「おまえ、今、恋人はいるのか？」

あまりに意外な問いに、カカオフィズのタンブラーを倒しそうになる。危うくスーツに染みを作るところだった。

「なんで、そんなことを聞く？」

返ってきた答えは。

「おまえが、好きだから」

誠二には桑原が何を言っているのかわからなかった。理解できない。

自分をうち捨てていったのはこの男なのに。「好き」ってなんだ？

こいつの頭の中はどうなっているんだ？

「好きじゃ、ないだろう」

声がかすれていた。

「おまえは、俺が好きじゃない」

「なんでだよ。ずっと言ってたじゃないか。おまえのことが好きでたまらないって」

異なる次元に来てしまったような。別の言語を聞いているような。

話がまったく噛み合っていない。

「俺を振り切ってフランスに行ったのはおまえだろう。あのとき、おまえはなんと言った？　俺と関係して後悔していると言ったんだ」

彼はうなずく。

「後悔もするだろ。おまえに何も言わないまま、きれいな思い出のままで旅立とうと思ってたんだ。それなのに、たまらず手を出したんだぞ。そんな資格もないのに」

資格？

「資格ってなんだ。誰かを好きになるのにそんなものがいるのか？」

「おまえは自分のほうが大きい会社にいるからそう思えるんだ。おまえにお情けで仕事をもらうのなんて、まっぴらだ。どうせフランスに行くなら、俺はおまえと対等に、できたらそれ以上になりたかった」

呆気《あっけ》にとられて彼を見る。

飄々《ひょうひょう》と工房を運営していると思っていたのに。そんな野心と葛藤を抱えているなんて、想像したこともなかった。

——今の俺は、おまえが親父さんに胸を張って紹介できる男だろうか。

「なんで、一人で決めたんだ？　俺になんの相談もせず」

「おまえに惚《ほ》れていたから。引き止められたら決心が鈍る」

「止めたりなんてするもんか。むしろ結果を出すまで帰ってくるなと言ったよ、俺は」

桑原は異議を唱える。

「無理だな」

「できた」

桑原は喉の奥で笑った。

「できねえよ、おまえには。そんな薄情になれねえよ。いいか？　俺と離ればなれになるんだぞ。それなのに髪の毛一筋ほども動揺せず、寂しさなど微塵《みじん》も見せずに、俺を見送れたのか？　俺はおまえにべたぼれなんだ。ほんのちょっと、気配だけでも、おまえの未練を感じたらもうだめだ。どこにも行かないとおまえに誓って日本に残っていただろうよ」

誠二は押し黙った。そう、送り出すことはできた。でも、桑原が出立するのを寂しがらずにいることは、彼の言うとおりに不可能だった。

「とにかく。もういいだろ。うまいこといったんだから」

なんだ、その言い方は。

彼がいなくなってからの日々を、誠二は思い返す。

誠二の苦悩を桑原が予測していなかったのか、それほどとは思わなかったのか。もしくは、どうでもいいことだったのか。なんにせよ、自分の都合が最優先で誠二の思いを無視したのには違いない。さきほどは「怒っていない」と言った。けれど、今は違う。怒りではち切れそうだ。

「すみません」

バーテンダーを呼んだ。

「スピリタスを」

自分が知っている中で一番強い酒を注文する。誠二が酒に弱いことを知っている桑原が驚く。すっと目の前に置かれたワンショットグラスを、誠二は手に取る。無色透明な酒は水のようだ。

桑原大介。おまえは。オゴホゴのあの魔王にそっくりだ。人を人とも思わぬ傲岸さ。

欲しいものをその手ですべてさらっていく。

「知っていたか?」

なあ、知っていたか?

「俺だって傷つく。ずたぼろに傷つくんだ」

こんなになっているのはおまえを深く迎え入れたせいだ。身体も、心も。深く結び合ったからだ。

おまえの、作るものは好きだ。でも。

「おまえなど、好きになるんじゃなかった。もしも時間が戻るなら、あのときの自分に言ってやりたい。その男は恋人としては最低だからやめておけと」

彼の頭上で、グラスを傾ける。たらたらと酒が流れ、彼の髪から額へと流れていく。スピリタスのアルコール度数は九十%以上。さぞかししみることだろう。彼は目を細めたが、黙ってされるがままになっている。

「どんなにかおまえを愛していた。でも、これ以上振り回さないでくれ。俺はそんなに強くない」

もうぺしゃんこだ。声も出ないくらいに。

終わりだ。終わりにしよう。

彼のこの匂い。眼差《まなざ》し。声。

そのすべてにどんなにか焦がれていた。ずっと。このときでさえ。

けれど、わかった。充分に理解した。この男は自分の手に負えない。もう掻き乱されたくない。

新年会会場を抜け、外階段を下る。コートをクロークに預けてある。取りに行かなければ。冷たい空気を深く吸うと、次第に落ち着いてきた。

携帯に電話がかかってきた。「安藤」の文字を確認してから出る。

『社長……。早川さん、今どこですか？』

「外だ。いきなり出てきてすまない」

『それはいいんですが、大丈夫ですか？』

「ああ」

そうだ、彼にだけは言っておこう。

「終わったんだ。全部」

このことを。

先ほどと世界はまったく変わっていない。崩れ落ちたわけでも隕石《いんせき》が降ってきたわ

けでもない。けれど、自分にとってはそれと同じくらいにまったく違っている。

桑原の存在は、今でも自分の中で大きかったのだと、認めざるを得ない。

「桑原と、けりがついた」

『そうですか。それは……お疲れ様です』

お疲れ様、か。まるで仕事に対するようなねぎらいだ。

「うん、ありがとう」

『新しい恋をする気になりました？』

「新しい恋？」

しばらく考える。

「ほかの誰かを俺の中に入れるとか、なんだか想像がつかないな」

安藤が押し黙ったので、慌てて付け足す。

「そういう意味じゃなく。他人と深いかかわりを持つことが想像できないっていうか」

『桑原さんとは？』

「あのときはどうかしていたんだ」

彼が欲しくてたまらなかった。頭のねじがぶっとんで火花が飛んだ。

「なかなかそんな奇跡は起きそうもないよ。今はとにかく、落ち着きたい」

桑原とは終わったんだと口にしたし、自分もそのつもりでいた。

それなのに。

その夜から、誠二は夢を見るようになった。そこにあるかのごとく生々しい質感を伴った夢だ。

――あ、あ、ん。大介。大介……！

夢の中で彼に抱かれている。残酷な悪戯めいた笑みを浮かべる口元。

ここか？　こうして欲しいのか？

舌と指に執拗に追いつめられ、耐えきれなくて腰を振ってねだる。入れて。おまえのを。あの、形を。俺への欲望でぱんぱんにはちきれそうなそれを入れて、掻き回して。

目が覚めるとしっかりと下半身に冷たい感触があった。パジャマまで濡れていた。

記憶にある限り、おねしょをしたことはないが、こんな感じかと思いながら、下着とパジャマのズボンを手洗いする。起きてきた母親が「あら、どうしたの。洗濯なら私がするのに」と声をかけてきたのでぎくりとした。

夜だけではなかった。昼にも発情は続いた。とにかく、ムラムラしてしかたなかった。思春期の頃、誠二は性欲が薄いほうだった。盛りのついた同級生の物言いに半ばあきれていたものだ。今は彼らにすまなく思う。

庭で一晩中つがいの相手を呼ぶ野良猫にさえシンパシーを感じてしまう。

会社でこそ集中できるものの、家に帰った途端に餓えはやってくる。

自室で身体を愛撫《あいぶ》する。胸や内腿、それから、ペニス。誠二の性器はここ数日の間にこすられすぎて赤むけ、痛いほどになっていた。

ペニスを刺激して精を放出すれば直後はすっきりするのだが、やがてよりいっそうの欲に炙られる。

知っている。桑原が欲しいのだ。彼でなくては満足できないのだ。

三つのほくろが彼に舐めて欲しくてじくじくと熱を持っている。それから、入れて欲しい。腰に。あれを。

「なんなんだ、これは」

泣きたくなる。

桑原と心では決別したつもりだった。そうできたと思い込んでいた。

しかし、彼との縁《えにし》は自分が思っているよりもはるかに深く、出会って彼の匂いをかいで好きだと言われて誘い出された欲望は、心を閉ざした分だけ強く、まるで活火山の噴火のように熱くほとばしり、日常生活に支障が出るほどに誠二の身を苛《さいな》んだ。

自分の身体だ。それなのに心臓が鼓動を打つことを止められないように、欲望が制御できない。暴走している。

どうしよう。

深夜、布団をすっぽり被って、胎児のように丸まりながら、妄想に耽《ふけ》る。桑原がもう一人いればいいのに。同じ肉体、同じペニスを持っていて、それで、自分を抱いてくれればいいのに。心はいらない。身体だけでいいから。じゃなければそっくりのアンドロイド。柔らかい機械。

はっと気がついた。

あるじゃないか。

桑原がまだオゴホゴが喰えないときに作った彼の形そっくりな、バイブが。あれなら。

急いでノートパソコンで検索をかけるが「ぐねぐねくんマキシマム」の取り扱いはもうとっくに終わっていた。オークションを考えたが、新品と書いてあっても使用したかもわからない。他人が使ったバイブを入れるなんて、絶対にいやだ。

「どうしよう……」

なんて浅ましいんだ。以前、あれを入れたときには惨めで泣いたくせに。だけど、今は欲しくてしかたない。勝手に持って行ったら咎められるだろうか。でも、あそこまで忘れ去られていたんだから、きっとわからない。欲しいんだ。あれが。必要なんだ。

もう、どうしようもない。

土曜の朝を待った。

オゴホゴは、やっているだろうか。しばしためらったのち、事務所に電話をかけた。桑原が出たらすぐに切るつもりだった。

『はい、いつもお世話になっております。工房オゴホゴです』

出たのは篠崎だった。ほっとする。

「いつもお世話になっております。『早川ディスプレイ』の早川です」

『早川って……誠二さん？　お久しぶりです。日本に帰ってきたのにご挨拶《あいさつ》に伺わなくて申し訳ありません。このたびのショッピングモールではお世話になっております』

「あ、いえ。今さらですが、メゾン・エ・オブジェ『now!』のご出展、おめでとうございます。あの。桑原さんは、近くにいないですか？」

『呼んできましょうか？』

「いや、いいんです。いないほうが」

『え？』

しばらく間があった。

『どうかしたんですか？　桑原さんの様子もおかしいし』

「おかしい……？」

『いつもパーティなんて行かないのに、このまえやたら身繕《みづくろ》いして出かけて以来ですよ。二階の自分の部屋で誠二さんの人形を前にえらく落ち込んでるんですけど』

桑原の名を聞くだけで腰の奥が甘く疼いた。しかし、今、篠崎はなんと言った？

「人形？　俺の？」

『あ、そうです。フランスで作ったやつなんですけど、誠二さん、見たらびっくりしますよ。二十回ぐらい壊しちゃ作り直してますからね。もうそっくりです』

人形ってなんだ。どうしてそんなものを作ったんだ。

ああ、それより本題に移らないと。

「あの。それが、俺、オゴホゴに、忘れ物をして。あるかどうかわからないんですけど、取りに伺ってもよろしいでしょうか」

『忘れ物ですか？　ご自宅にお送りしましょうか？』

「いや、いい！」

不自然なほどに否定してしまった。しかし、あんなものを頼むわけにはいかない。

「いいんだ。自分で取りに行く。それで、桑原さんと顔を合わせたくないんだけど。いつならいないかな？」

待って下さいねと声がした。ホワイトボードをチェックしているらしい。

『今日は桑原さん、午後一時に現場の下見に行きますから、午後からなら工房には僕だけです。事務所の鍵をあけておきますから入ってきて下さい』

「ありがとう」

オゴホゴの駐車場に車をとめると、学生時代に使っていたトートバッグを引っ張り出して肩にかけ、そっと事務所のドアノブを回す。ホワイトボードがやたら賑やかに書き込まれていた。事務所から作業場に入る前に様子を窺うが、篠崎がピンク色をした豚のオブジェの仕上げをしているだけだった。

「いない?」

「桑原さんならいないですよ。なんですか。普通に来ればいいのに」

作業場に足を踏み入れる。大型機材は再び運び入れられていた。いくつものオブジェが並ぶ。工房は眠りから覚め、息を吹き返していた。

「ああ……」

誠二は自分が微笑んでいることに気がついた。ここはいつだって自分にとっては神聖な場所で。この埃と溶剤の入り混じった匂いがどんなにか好きだった。魔王がこちらを見て、なにごとか企んでいる。これも今日で見納めと思うとじっくり見ていたかったが、肝心の目的を思い出し、階段を上がった。黄色い階段。それを上がりきり、ドアをあける。

この前と違って、その部屋は生きていた。

桑原の匂いがしている。体臭と、煙草と。懐かしさに震えそうになる。

この部屋ごと、持って帰りたいと思った。

自分を呼ぶ声が聞こえてきそうだった。兄のように。次には恋人として。彼は自分を呼んだ。誠二、と。

ふっとデスクの上のものに気がついた。片手の指をめいっぱい広げたぐらいの大きさの人形がある。

これがもしかして篠崎が言っていた自分の人形なんだろうか。

「……うわ」

それは確かに誠二だった。薄布一枚を纏って前ははだけている。あの最後の夜、桑原が執拗にこの身体の線をなぞったことを思い出す。手にとって確認すると芥子粒《けしつぶ》よりも小さなほくろが、顎と臍横に描かれていた。

篠崎は桑原がフランスでこれを作ったと言っていた。

つくづくと見てしまう。そうか。自分はこんな顔をしているのか。視力が落ちてからは眼鏡を取ると鏡を見ても薄ぼんやりとしか見えないからよくわからなかった。

半開きの薄い唇がエロティックだ。身体も全体にバランスが取れていて、どのパーツも美しい。布越しの尻の形がいっそ全裸よりも艶《なま》めかしい。これを桑原の前にさらしていたのかと、今さらながら恥ずかしくなった。

彼はこれを作って愛《め》でていたのか、フランスで。自分の代わりに。

なあ、大介。

ここにいない男に心の中で話しかける。おまえも、寂しかったのか。もしかして。

俺がいなくて。

おまえが望むなら。待っていてくれとひとこと言ってくれさえすれば、俺はいくらでも待ったのに。そうしてくれればよかったのに。互いにこんなに想い合っていたのに、なんで離れなくちゃならなかったんだ。

馬鹿だ。おまえは。どうして俺を振り切った？　それほどに決意は固かったのか？

はっと我に返る。

急がないと。目的の場所に移動する。引き出しの、この奥だ。手をかけたところで、あけてあったドアから階段を上《のぼ》ってくる音が聞こえて蒼白《そうはく》になる。この足音は桑原だ。なぜ。午後にはいないと言ったのに。人形にかまけていて時間を喰ったせいだろうか。

どうしよう。

慌てて周囲を見回すが、狭い室内に隠れられる場所などあるはずもない。トートバッグを引き出しに放り込むと、せめてもと棚と窓の隙間の奥に身体を押しつけ丸くなった。気がつかなければいいと息を殺して。

彼はドアが開いていることを気にもせず、中に入ってくるとミニキッチンのガスコンロの前に立った。ここからだと、ラフなシャツの背中が見える。ガスの火で煙草を点け、換気扇を回して吸っている。彼の表情まで見える気がした。目を細めて、哲学者のような顔をしている。そして煙を吐くときに喉仏の線がくっきりと見える。彼の肩甲骨が動いて、煙草の灰を落とす。きゅっと煙草の火を揉み消し、のびをする。

このまま出て行ってくれるのかとほっとした。その途端に、彼がこちらを向いた。

あ、と声を出してしまい唇を噛む。

彼は驚いてはいなかった。まるでそこに誠二がいることを予測していたかのようだった。

「なんだよ、そんな狭いところに」

くすくす笑うと、桑原は近づいてきた。

彼の匂い、彼の仕種《しぐさ》、彼の髪の色、存在そのものがすぐ近くまでやってくる。

「うちの実家で飼ってた猫みたいだな。猫用のおもちゃを買ってやるんだけど、入ってた箱のほうがお気に入りでさ。中に潜り込んでじっとしてるんだよな、満足そうな顔して。どれ、俺も」

　そう言って彼は誠二の隣にむりやり身体を入れてきた。身体が密着する。

「ぎゅうぎゅうだ」

　そう言って彼はにやっと笑った。

　彼の、生きて、脈打つ身体と接している。

　息をしないようにしたが無駄だった。毛穴から彼の気配が忍び込み体温を上げていった。

　下半身に血が集まり、腰の奥が疼く。ペニスの先端がじわりと濡れ始めているようだ。じっとしていることが難しく、誠二は尻をもじもじと動かした。

「顔、赤いぞ」

　桑原はそう言って誠二を抱き寄せ、右耳をごく軽く噛んだ。

「あああっ！」

　自分でも驚くような高い声が出た。そのまま下着の中に放出してしまったのかと思った。

「何するんだ！」

　お返しというように桑原をこちらに向かせると、彼のピアスを左の耳たぶごと噛む。

「おう……」

彼はうめくと誠二の背の一点、ほくろのところを指先であやまたず撫で上げた。

「ふ、あ……っ！」

口からピアスを離す。

「あ、ああ」

指が、あの節の目立つ指が、自分の身体を、下へと這っている。背骨をリズミカルに撫でていく。尾骨をくすぐる。

「まずい」

「何？」

声が耳に吹き込まれ、余計に理性を吹き飛ばしていく。

「もう、いっちゃう……」

服のまま、達してしまう。

「脱ぐか？」

ひどく優しく、まるであたりまえのことのように問いかけられたので、うなずいた。

ベッドで、全部脱いで、脱がされて。

すごく大切そうに唇にキスを落とされる。

なんて単純な。

あんなに腹を立てていたのに。

二度とこんなふうには会わないと誓ったのに。

こうされるだけで飛び跳ねそうに嬉しくてならなくなる。

顎に舌先をつけられ、指が下半身に伸びてきた。ペニスを探られる。

「だめ……っ！」

そう言いながらも指がもっとよく当たるように腰をくねらせる。

「なんか、誠二のここの先っぽ、赤くなってるな。可哀想に」

だめだと言ったのに、彼の指が先端を優しく撫でるから。びくっと身体が跳ねて、精が飛び散る。

「あ、ああ……」

達したのにおさまらない。

「おまえのせいだ」

おまえがこの身体も心も強く繋ぐから。剥がれないほど繋ぐから。

「おまえが、おまえが」

離れたくても、離れられないんだ。

「うん」

舌が耳の中に入ってきた。ささやかれる。

「俺のものになっちゃえばいい。ほら」

指が粘い液を塗り広げる。臍の中に入ってきて、横のほくろを撫でてくる。

彼は切なげに目を細めると眼鏡を取りあげた。より深い口づけのために。舌が自分の中に入ってくる。

「もっと」

離れていた分、足りない。

「もっと、もっと」

矜持《きょうじ》とか理性とか。そんなものでは退けることのできない奥の奥から、愛しくて欲しくてたまらない。

内腿に指が触れ、足を自ら大きく開いた。ジェルを纏った指に侵入される。この、節の形。ひとつひとつ入ってくるたびに、軽い絶頂を覚える。ずっとさっきからいきっぱなしだ。波に揺られるみたいに翻弄《ほんろう》され続けている。

指に身体を暴かれる。二本の指が入ってきて、中でうごめく。

「ここだろ？」

体内の「いい」ところを押さえられてさわってもいないのにペニスがひくつく。さきほど達したばかりなのに、じわりと先端から露がこぼれる。

「……ん」

「ほかと感触が違うんだ。ここだけ。つるつるして膨らんでてへこみがある。なあ、こうされるのと」

指で焦れったくなるほど緩やかに撫でられる。

「それから、こうと」

ぐいと押し上げられて、そこがスイッチであったかのように快楽の奔流が走る。

「どっちがいい？　どっちが好き？」

どっちとか、答えられない。

「ど……っちも」

「なんで」

「大介だから」

指が引き抜かれる。

あれが。焦がれていたものが。ゆっくりと、押し入ってくる。

「ん、んん……」

この男の形だから。だからこんなにも、くる。

劣情をかき立て愛おしい。

もう誠二は、完全に彼を感じるだけの器官だった。腰に入ってきた桑原はこの身体を、その形でさらに開いていく。どこまでもどこまでも、入ってくる。

首にかじりついて、彼の名前を何度も呼んで、はしたなさなどかなぐり捨てて、粘い、溶剤を混ぜるときにするみたいな音の中で、火花みたいに。散って、融けて、ひとつになった。

たっぷりと彼を堪能《たんのう》して。ようやくほっと息をつく。シャワーを浴びた桑原に替わって自分もと思ったのに、身動きできないことに気がつく。

「大介。腰が立たない」

「え。平気か？」

「平気じゃない」

しかし物言いに拗《す》ねて甘える気配があるのが自分でもわかっていた。

「ちょっと待ってろ」

そう言うと、彼は湯に浸したタオルで誠二の身体をぬぐい、シーツを替えてくれた。

「これでいいか？」

着替えに差し出されたのはいつかの浴衣だった。ああそう言えばと見れば、デスクの上には自分の人形がある。あれに見られながらいたしていたのかと今さらながらの羞恥を覚える。

眼鏡をかけると両手を出して誘いかける。

「来て」

下にイージーパンツで上は何も着ていない桑原が、隣に滑り込んできた。望んだままに抱きしめてくれる。

「今までどこで何をしてたのか、聞かせろ」

「向こうの工房を手伝いながら、メゾン・エ・オブジェへの出展が許可されたときのためにフランス語の勉強をして。六月にうちのブースが確定してからは、知り合いの会社と連絡を取り合って、出展用の作品を作って」

まさか最初の年に「now!」カテゴリーで出展できるとは思わなかった、と彼は言った。

髪を撫でられ、喉を鳴らしたくなる。気持ちいい。

この男にうち捨てられたのだと信じこんでいた。あの別れ方では、どう考えてもそれ以外に思い至らなかった。

「大介は俺に新しい恋人がいたらどうしたんだ？」

「誠二は俺のものだから。そんなことはあり得ない」

「な……」

桑原は付け足す。

「と、思うようにしていた。おまえがほかの誰かと結び合うなんて考えるだけでもつらかったから」

誠二は彼の左耳、ピアスをしているほうを引っ張る。

「たっ」

「おまえがいなくなったあと、その手のバーに男を漁りに行ったことがある」

「え」

桑原が身を起こした。

「嘘。おまえが」

「おまえは、俺のことを人形とでも思っていたのか。ちゃんと血肉も性欲もある男なんだ。俺が何をしたか。誰とどんな浅ましい真似をしたか。知りたいか？」

ごくっと唾を飲み込み、彼の喉仏が上下した。

「どうだ？」

「聞きたい」

「後悔しても知らないぞ？」

「聞きたい。全部」

くすくす笑いながら、教えてやる。

「止められたんだ。結局、俺の中に入ってきたのはおまえだけだ」

桑原が息を長く吐く。その様子が気にくわない。

「俺がそのとき誰とも寝なかったのは、単なる幸運、もしくは偶然に過ぎない。なあ、大介」

浴衣のまま、彼をまたぐように膝立ちになる。その肩に手をかける。

「俺を縛れ。身体だけでなく俺の全部が自分のものだと宣言しろ。離れるなと言え。あらかじめ言っておくが、またあんなふうに俺を置いていくことがあったら今度こそ浮気する」

「せ……」

反論させまいとその唇に指を当てる。

「別にしたいわけじゃない。けど、絶対にする」

言っていることがむちゃくちゃだ。だが、自分の憤りと決意を彼に伝えないわけにはいかなかった。

「おまえを愛しているんだ。おまえに夢中なんだ。おまえが好きでたまらないんだ。おまえしかいらないんだ。馬鹿みたいに、おかしなくらいに好きなんだ。おまえと一緒に困難にぶつかるのなんてなんとも思わない。だけど、身軽にしてやるからと放り出されるのはごめんだ」

わかったか、そう念を押した誠二に、桑原はくしゃっと顔を歪《ゆが》めて言った。

「悪かった」

再会してのち、彼が初めて口にした謝罪だった。

ごはんができたから、と、下から篠崎が呼ぶ声がする。桑原は電話をかけていたので、誠二ひとりが着替えて台所に下りていった。テーブルに皿を出していると篠崎が言った。

「部屋のドアは閉めておいたほうがいいですよ。誠二さんの声、意外と響くから」

皿を落としそうになる。

「……ごめん」

篠崎は笑っていた。からかわれたのかもしれない。

　そういえば、桑原が入ってきたときにドアはあけっぱなしになっていた。始まってしまったら何もかも吹き飛んで閉めた記憶がない。

「ほかの社員の手前もあるし、以降、気をつけて下さいね」

「小野口さんのことですか？」

　今日の夕飯は炊き込みのカレーピラフだ。トマトスープがついてくる。

「ああ。今日はうちの工房、休みだったんですよ。社員は今、九人になってます。経理担当一人と営業一人が専任でいて。それから、海外からの問い合わせがひっきりなしにあるんで、国際業務を代行してもらおうかって話があります。あとね、近所の奥さんが清掃と食事を請け負ってくれてるんで、じつは食事を作るのは休日出勤のときだけなんです。ここじゃ狭いんで、事務室で食べてますけど」

「いろいろ、あのときとは変わってるんだな」

　自分がいない間に。

「そうですね。桑原さんもだいぶ携帯無精が直ったし」

　篠崎がスープをよそる手を止めた。

「誠二さんのおかげですよ」

「俺？」

「誠二さんと同じところに立つために、あの人は歯を食いしばって工房を大きくしたんです。うちの工房の原動力は誠二さんです」

ふと思った。

もしかして。篠崎が桑原を呼んだのだろうか。もしくは、電話してきたときにすでにいたのではないだろうか。

「あ、そうだ。忘れ物は見つかりました？」

「え、あ。ああ」

顔が赤くなりそうだ。きれいさっぱり、そのことは忘れていた。

「あ、あれはいいんだ」

「そうなんですか。なんか、ずいぶんと緊急だったようですけど」

「いいんです。もっといいものを手に入れたから。それは篠崎さんのおかげです」

篠崎は戸惑ったように、それでも微笑んだ。

「そうなんですか。それでは、お互い様ということですね」

台所に桑原が入ってきた。

「お待たせ」

三人してカレーピラフを食べた。

あのダークレッドの皿で。木の匙で。自分の椅子で。

食後にはほうじ茶が出て、桑原と篠崎は次の仕事の話をしていた。

ああ、なんだか今日はいい日だなあ。久しぶりのセックスだったせいか、だんだん眠くなってきた。

「誠二」

「うん」

「ちょっといいか？」

「ん？」

桑原が誠二の指を手にした。なぞるようにくすぐられて「なんだよ」と肩を震わせる。

「よし」

まったく。なんのおまじないなんだか。

家に帰り着いて玄関をあけると、母親が出迎えた。

「お帰りなさい、誠二さん。遅かったのね。お昼ごはんはどうしたの。お夕飯ができてますよ」

食べてきたのでと断ってから父のいる和室に赴く。ちゃんと伝えたほうがいいとは思うのだが。なんて言おう。

「あの」

父親は低い椅子に腰掛け、新聞を読んでいた。脇にはステッキが置いてある。彼はちらっと誠二を見ると、言った。

「で？　向こうはいつ挨拶に来るつもりなんだ？」

「え、挨拶？」

「礼儀だろう。うちにこれだけ心配をかけたんだ。『割烹ゆたか』で一席設けてもいいんだぞ」

「あ、え。ああ」

「誠二」

父に座布団に座るように示されたので、おとなしく従う。

「前から思っていたんだ。まだ若いからしかたないが、おまえは顔に喜怒哀楽が出すぎだ」

ぱっと頬に手を当てる。

「いいか。そのまま馬鹿正直に出すな。社長ってもんはな、いいことがあったときほど渋い顔をして、悪いことがあったときほど笑ってるもんだ」

「……はい」

でも。どうしよう。

「その、うまく、渋い顔ができません」

どうしてもにやけてしまう。嬉しくて。

父が嘆息した。

「ま、会社に行ったらでいい」

「はい」

桑原の「おまじない」は思いがけない形で返ってきた。左手の薬指にリングとして。

それを桑原が嵌めてくれたのは、駅前のコーヒーショップだった。これから二人して「割烹ゆたか」に父に挨拶に行こうという矢先のこと。

「なんだ、これ」

「まあ、結婚は無理だけど、そういうののつもり。彫金は素人だけど、知り合いの工房で弄らせてもらって、誠二のイメージで作った。サイズぴったりでよかったよ」

窓からの陽光にすかして見る。

「草で編んでいたら指輪になったみたいだ」

貴金属が四種類ほど使われていて、細く蔓草のように絡み合っている。

「俺、普段はできないぞ」

残念だ。こんなにきれいなのに。

でも、父親には見せてやろう。自慢してやろう。

「いいんだ。誠二が持っててくれれば」

訊ねると彼は、自分のぶんの指輪をひょいとポケットからつまんで出した。誠二はそれをとって彼の指に嵌めてやる。

「大介のは？」

「お揃いだ」

節のある桑原の手と、白くてすべらかな自分の手。同じ左の薬指に同じデザインの指輪、世界で一組だけのそれが嵌まっている。うっとりと見つめる。

はっと気がつくと、隣のカップルがこちらをちらちら見ている。急に恥ずかしくなってきた。桑原は平然としている。そして宣言した。

「俺はこれ、できるだけするようにするよ。ちゃんと、決まった相手がいることを全世界に知って欲しいから」

その指輪は、今は鎖に通され、誠二のシャツ下の胸にある。

誠二は、川沿いの一方通行の道を運転してくると満開の桜の木をよけて工房オゴホゴの駐車場に車をとめた。バックミラーでメタルフレームの眼鏡の角度を確かめる。ドイツ車の右側、助手席側のシートにはあの大字《だいじ》の時計が鎮座していた。デジタルの文字盤は「零玖伍零《ぜろきゅうごぜろ》」、つまり今は九時五十分だ。それを握りしめ、離す。

書類を確認すると車を降りる。よく磨き抜かれた靴がアスファルトを踏みしめた。駐車場には数台の車がとまっていた。五階建てのビルを見上げる。去年、オゴホゴは工房隣の廃車置き場になっていた土地を買い入れ、そこに自社ビルを建てた。壁が生クリームが泡立てられたような塗られ方をしていて「ケーキ屋だと思って人が入ってくる」と篠崎が嘆いていた。

建物の中に入ると、受付前で小野口が待っていた。

「今日はスーツなんですね」

誠二は小野口にそう話しかける。実制作の統括チーフである小野口は、いつもはつなぎ姿で工房の作業場にいる。

「打ち合わせのために着替えてきたんですよ。さ、行きましょう。社長がお待ちかねですよ。誠二さんが来るからって朝からそわそわして落ち着かなくて」

それから彼はこちらを見て、含み笑いをした。今朝、同じ家から出勤してきたのにねえ、と言いたげだ。ほんの少し、くすぐったい。

「篠崎さんは？」

篠崎は現在、工房オゴホゴのプログラミング部門のチーフをしている。

「ああ。久しぶりに誠二さん、じゃないや。早川さんにお会いしたかったみたいですけど、どうしても抜けられなくて。よろしくって言ってました」

エレベーターで五階に上がる。桑原は制作からデザインに軸足を移していて、ほとんどこちらの本社ビルにいるのだ。それにもかかわらず、社長室に入ると塗料の匂いがした。

「桑原さん。早川さん、いらっしゃいましたよ」

「あ、ごめん」

桑原が脚立からおりる。スーツからエプロンを取る。小野口が言った。

「あー……。とうとう、やっちゃったんですね」

「ああ」

社長室の入り口上には魔王がいた。あの絵が描かれていた。

「やっぱりこれがないと自分の城って気がしなくてな」

軍手を取った彼の指には、誠二の胸にあるのと同じデザインの指輪がある。

それを見るたびにこの男が自分のものであるという抑えようのない歓《よろこ》びに誠二の心は満たされる。その思いを隠して、依頼書を社長室中央のローデスクに置く。

「まだ本決まりじゃないんだが、目立つ仕事が入りそうなんだ。百貨店のクリスマスイベントだ。主催は百貨店、協賛は滝本《たきもと》物産、企画を早川ディスプレイが担当する。サンタとトナカイのギミックをオゴホゴに頼みたい」

「その前に、あるだろ。することが」

小野口が気配を察して「コーヒー持ってきますね」と言い置いて部屋を出て行く。

「なんだ?」

警戒しながら言うと桑原が手を出してくる。

「再会のチュウしようぜ」

「チュウってなんだよ。だいたいキスなら今朝、家を出るときにしただろう」

じりじりと隅に追いつめられていく。

部屋の片側にある棚にはヒトデやイソギンチャクや珊瑚《さんご》に囲まれたデザインのデジタルフォトフレームがあり、そこでは刻々と写真が入れ替わっていた。工房を立ち上げた直後のメンバー三人、古ぼけた鉄工所の壁に魔王の絵を真剣な眼差しで描く桑原、転機となった虹色フクロウ、メゾン・エ・オブジェ「now!」ブースでのにぎわい、そして早川ディスプレイと提携したショッピングモールのオープン当日、感極まって抱き合っている誠二と桑原。

「させろよ」

顎に彼の手がかかる。誠二の好きな指の形。

「そうしないと、うまく伝えられないんだよ」

唇が重なる。好みの柔らかさとかすかな煙草の匂いと馴染んだ無精髭の痛がゆさ。

確かに唇は言葉よりも雄弁に彼の想いを語った。

――こんなにも、どうにかなりそうなほど、いつも、いつでも、おまえが好きでたまらない、と。

どうにかすればいい

季節は六月。新緑が目に痛い。目の前を鴨《かも》の親子が横切り、川へと身を躍《おど》らせる。向こう岸の森からはときおり野生のシカが姿を見せる。

ここはフランス。パリから車で一時間ほどの町。

桑原《くわはら》、篠崎《しのざき》、小野口《おのぐち》ら工房オゴホゴのメンバーは、桑原の知人である根岸達広《ねぎしたつひろ》のアトリエにいた。根岸は桑原より二十歳ほど年上の彫刻家だ。国際的な知名度があり、日本のみならずフランスでも数々の賞を取っている男だった。大型、特に野外彫刻を得意とし、美術館や公共施設が主な納品先だ。

彼のアトリエ兼自宅は広い。昔の領主の館を買い取りリフォームしたそうで、部屋数は二十一、風呂は四つ、キッチンは三つあり、桑原たち工房オゴホゴの三人が寝泊まりしても充分な余裕があった。

昼時になると、根岸夫妻と自分たち三人で中庭に集まっての食事になる。

木のテーブルの上には温野菜のサラダに鴨のロースト。パンのお供として滋味《じみ》豊かなレバーのパテと甘酸っぱいベリージャムが添えられている。まだお天道様が高いというのに白ワインが並べられるのがフランスらしい。

「いただきます」

わいわいと話をしながらの食事。

中庭には五つほど作りかけの彫刻がある。日本の美術館に頼まれているという、巨大な白い大理石の乳房の横で食事をするのはなかなかシュールだが、愉快でもあった。

根岸の話は石のことばかりだった。花崗岩《かこうがん》と石灰岩の分布がワインにどう影響するかとか、石によって違うノミの当て方とか、ヨーロッパの石にもブランドがあって名前はラテン語でつけるのだとか。

根岸は桑原に陽気なライオンを思い起こさせる。髪は豊かだが、年の割には白髪になるのが早く、顎髭《あごひげ》も白い。なかなか動きださないが、いざことを始めると的確で無駄がない。

食事が終わり、篠崎と小野口がアトリエでの石の切り出し作業に戻ったあとも根岸は桑原を離さなかった。

「まあ、あせらないことだよ」

根岸はそう言いながら水のようにワインを飲んでいる。桑原は酒には強いと自負しているが、さすがにこの昼間からの飲酒は控え気味だ。

「メゾン・エ・オブジェだけでも箔《はく》がつくご時世だ。『now!』となったら腰を据えてかからないと。いざ出展したとき困らないように、製品だけでなく、ブースの設営デザインも考えておいたほうがいいんじゃないかな」

「でも、出展できるか、まだわからないですし」

　根岸は笑った。

「何を言っている。ここはフランスだ。日本のようにきっちり期日に決まってきたりしない。ブースの配置決定は直前になったりするんだぞ。それから考えてもいいものはできない。いくつか案を出しておくのは無駄にならないと思うが」

「あの。俺、今度のメゾン・エ・オブジェに出展できなかったら、次回は『now!』じゃなくて『生活雑貨』か『木製家具』カテゴリーで申請しようと思ってるんですけど」

　桑原の申し出に、根岸は首を横に振りながらグラスを掲げた。

「今言ったばかりだろう。あせらないことだよ。君の今後を考えたなら、ほかのカテゴリーより『now!』で出展したほうが断然プラスになる。まあ、君のミューズのために心急《せ》くのはわかるがね」

「ミューズ？」

「あの人形だよ」

　桑原は額に手を当てる。

「……見たんですね、あれを」

桑原が自室に置いている誠二《せいじ》の人形を。

最後に会った夜のイメージの誠二だ。布一枚を羽織ってそっと唇を開き、自分を誘っている。

「俺の部屋に入ったんですか？」

いくら家主でも無断で入るなんてどうなんだ。何よりも根岸らしくない。彼は悪びれずに笑った。

「いやいや、すまない。篠崎くんと小野口くんに相談されてね。『うちの大将が暇さえあれば人形を作っては壊し作っては壊ししている』と」

誠二の人形はフィギュア用の粘土で作った。形を作り、家庭用オーブンで乾かしたあとは削ったり彩色したりすることができる。どうしても気にいらなくて二十体以上は作り直した。あのとき篠崎と小野口の二人は何も言わなかったが、そうか、心配されていたのか。

「君の恋人か？　そうなんだろう？　あれには『愛』が詰まっているからな。なかなか美しい青年じゃないか。完璧なるフォルムだ。完全無欠。それを崩すようにほくろがあるのがいい」

「そうなんですよ」

桑原は力強くうなずく。

誠二は、自分では気がついていないらしいが、非の打ち所のない身体《からだ》をしているのだ。そして色が白くて、髪がすべらかで、睫毛《まつげ》が長くて、あまりにも整い過ぎている。そこにほくろが加わることによって、ようやく人間らしさが滲《にじ》みだしてくる。

「ミューズを振り切ってきたんだって？」

あいつら、余計なことを。

「まあ……」

「心残りがあるなら、すぐに電話したほうがいいぞ。大介《だいすけ》、知っているか。未亡人が男どもを惹《ひ》きつけてやまないのは、その空洞を我こそが埋めようとするからだ。君のミューズも危ないぞ」

「そんなことは」

誠二がほかの奴に心を移すはずがない。だってあいつは俺のことを好きなはずだ。それは、あんな別れ方をしたけれど、俺たちは愛し合っているはずだ。

「君の作った人形と違って、人間は心変わりをする」

「……でも、だめ、です」

それでは、同じになってしまう。今までと。

「大介は頑固な男だな」

そう言いながら根岸は自分のグラスにまたワインをついだ。

赤煉瓦《れんが》積みの家。芝生と花で彩られた中庭。そこに横たわる石のオブジェ。森の遥《はる》か向こうには古い教会の尖塔《せんとう》。日が輝き、束《つか》の間《ま》、時が止まったかのよう。

日本は梅雨《つゆ》に入った頃か。

誠二と離れてからもう二ヶ月以上になる。桑原は思う。

いつになれば俺は臆せず堂々とおまえに会えるようになるのだろう、と。


早川《はやかわ》誠二との出会いは、一枚のござからだった。

大学一年初めての文化祭で、桑原はフリーマーケットに参加した。たくさんのブルーシートが並ぶ中、桑原はござを敷き、自分の作ったものを並べた。

可愛《かわい》らしいアクセサリーやセンスのいいポストカード、実用的なブックカバーを作っているスペースには人が来て、あらかた売れて早々に撤収してしまったが、自分のところにはほとんど誰も来はしなかった。

たまに見ていく人はいたが、いやそうに海藻のような写真立てをつまんだり、そっと灰色のランプをつついたり、食虫植物のようなネックレスがさわってもくっつかないことに驚いたり……——要は冷やかしに過ぎなかった。

それでも満足だった。この一枚のござの上は、自分が好きな色と形で満ちていたから。

ふっと人が立ち止まった。女性かと思った。小柄で線が細く、華奢《きやしや》な体躯《たいく》をしていたので。

目を上げる。男の子だ。紺色のブレザーに左胸のエンブレム、近所の中高一貫男子校の制服を着ている。あそこの学校は入学試験が難しいうえ、学費が高いと聞いている。つまり、この少年は生粋のおぼっちゃんということだ。彼は興味を持ったらしく、屈《かが》み込んできた。

目を伏せている。睫毛が長い。色が白く、頰はふれれば吸いつきそうにきめが細かかった。

——何、考えてんだよ。俺。

ふれれば、とか。やばいだろ。

　少年がじっと見ていたのは大字《だいじ》と呼ばれる数字を表示させるデジタル時計だった。この色を出すのには苦労した。一番似ている色合いは秋に実るアケビだろう。くすんだ紫。

「なに、これ」

「おう。いい色と形だろ」

　桑原は、時計を掴《つか》みあげると彼の手に載せてやった。そのときを待っていたかのように時計は文字を切り替え、一分という時間《とき》を刻む。少年が驚いて手を震わせ、時計を落としそうになったので、手を包んで回避してやる。

　その手の柔らかさに桑原は驚嘆した。こんな手の持ち主がこの世にいるのかと思った。

「驚かなくてもいい。時計なんだ、それは」

　そう言って時計の文字の説明をしてやると、彼はおとなしく聞いていた。

　少年がこちらを見た。

「あ」

　こちらを見て何かに驚いたようだった。

「どうした？」

「ううん……」

校舎裏のこの場所に、隙間《すきま》を縫うようにわずかに日が差し込んできていた。目に入った光が眩《まぶ》しく目を細めたが、それに慣れたときに、目の前の子供が恐ろしいほどきれいな顔をしていることに気がついた。愁《うれ》いを帯びた目元。やや薄めの唇。顎に小さなほくろがある。髪も目も色が薄く、きちんと調合して染め上げたかのようだった。男の子に見蕩《みと》れるとか、ないだろう、と自分を叱咤《しった》する。しかし、目を離すことができない。

彼は、今まで泣いていたかのように頼りなげで心細げだった。

桑原は、わざと陽気に声を張り上げた。

「今ならいいぜ。三万円で」

そう言うと彼は大まじめな顔をしてぎゅっと時計を掴んだまま言った。

「家に帰って取ってくるから。だから待ってて」

もしかして本当に払おうとしているのだろうか。

「おいおい、冗談だよ。子供からそんな大金取れねえって」

「子供じゃない。中学生だから」

そう主張するところが幼くて可愛らしい。

「中学生は充分子供だよ」

子供だ。

それなのに自分ときたら。まるでずっと憧れ続けた相手に会ったみたいに、ドキドキしているんだ。なんだ、これは。

彼に手製の名刺と、今度自分が講師をする切り絵のワークショップのチラシを渡した。彼が帰り際、ちょっとだけ笑ってくれ、それだけで夢見心地になる。その手の中には桑原が作ったあの時計がある。自分の作ったものが、ほんの少しでもいい、あの子が元気を出してくれる助けになってくれればと願った。

携帯がまだそれほど普及していない時代だった。

あの少年——早川誠二がその気にならなければ二度と会えない。半分あきらめながらも、再会を、桑原は期待していた。

公民館で開かれた切り絵のワークショップの日に彼はきちんとやってきた。校則で決められているのか、その日も制服姿だった。誠二の姿を見た途端に浮かれている己を気色悪いと自戒したが、それでも嬉《うれ》しくなる気持ちは止めることができなかった。

その日、彼の住所を桑原は手にした。

以降ずっと、桑原は何かしらあるたびに誠二に招待状を出し、彼は律義にやってきた。

桑原は、ふざけて聞いたことがある。

「あの時計から、なんか生まれたか？」

「生まれないよ。でも……」

誠二は口を噤《つぐ》んだが、桑原が辛抱強く待っているとおそるおそるというように口にした。

「生まれるといいなって思った」

桑原はにやっと笑った。

「そっか」

「うん」

桑原の最初の個展は喫茶店の片隅で開催された。誠二はアラビアふうの唐草模様が表面に描かれた巻き貝のオブジェを熱心に見つめていた。

「大介の作るものって今にも動きそうだよね」

うっとりと言う彼。

「俺の作るものが好きだな、誠二は」

「うん、大好き！」

ただまっすぐにこちらを見る、澄んだ目。素直に育っていることがわかる。

「じゃ、俺が将来デザイン工房を立ち上げたらおまえも入れよ。そしたら俺がものを作るところをずっと見てられるぞ」

想像してみる。大きくなった早川誠二が自分の作った工房にいる。一緒にいて、笑ってくれる。褒めてくれる。

うん、悪くない。

「大介、会社作るの？」

きらきらした目で問われてうなずく。

「ああ、たぶん」

喰《く》っていけるかどうかわからないが、自分がサラリーマン向きじゃないことは自覚していた。それに、一緒にやってもいいという物好きなやつら――篠崎と小野口――がいるし。

ふっと誠二は真顔になった。

「入りたいけど……。でも、だめだ」

「なんで？」

むきになった。

「もしかして絵が下手《へた》だからか？　そしたら経理でいいや」

彼は首を振る。

「違う。僕、お父さんの会社を継がないと駄目だから」

「お父さんの会社？」

そうか。やっぱりどこかの社長の息子さんだったか。

「なんていう会社だ？」

「『早川《はやかわ》ディスプレイ』っていうんだ。知ってる？」

その会社の名を聞いたときに自分の中に生まれたどす黒く渦巻くもの。そのものの名を桑原はまだ理解していなかった。

「知ってるも何も」

同業。しかも業界三番手。早川ディスプレイ。

誠二は無邪気に言う。

「いつか僕が社長になったら、大介の会社に頼むからね。一緒に仕事をしようね」

彼はまだ中学生だったのだ。「そうだな、そうしような」と話を合わせてやることもできたのに、桑原は形だけでも同意はしなかった。代わりに、かつてないほど真剣な声音でたしなめた。

「気軽にそんなことを言うもんじゃない」

「なんで？」

なんで？

ふさわしくないからだ。おまえと、俺の間にはざっくりあいた深い溝があるからだ。誠二が早川ディスプレイの御曹司《おんぞうし》であることを知ったその日。自分の中に生まれたもの。いや、正確にはもっとずっと前からそこにいて、目を覚ましたもの。

その名をやがて桑原は知ることになる。

早川誠二は、成長するにつれてますます整った顔立ちになっていった。そのくせ、本人は自分の外見に驚くほど無頓着《むとんちゃく》で桑原がひやひやするほどだった。

大学受験のときに、誠二が勉強を頑張りすぎて視力を落とし、眼鏡《めがね》をかけた。「フレームが視界に入って邪魔だ」と顰《しか》めっ面《つら》の彼の頭を撫《な》でながら「よく似合うぞ」と笑ったのは、その素顔を、ほかの人間に不用意に見られることがなくなって胸を撫で下ろしたからだ。

認めるしかなかった。

これは独占欲だ。そして自分はこの男に、絶望的なまでに恋い焦がれているのだ。

どうりで彼女を作っても続かないはずだ。心がうつろなまま、消滅していったはずだ。すでに中心を、彼にがっちり捕まえられてしまっているのだから。


大学を出ていざ工房を立ち上げようとなったとき、桑原が出した条件はただひとつ「誠二の家の近く」だった。これだけは譲れなかった。

廃鉄工所の賃貸出物があったときにここだと飛びついたが、得体の知れない若造に喜んで貸してくれる大家がいるわけもなく、関東ディスプレイ協会の地区長に頼み込み、仲介してもらってようやく借り受けることができた。

しかし、無理をしてでもそこに工房オゴホゴを構えた甲斐《かい》はあった。

きっとそうなると見込んだとおり、誠二は工房に通いつめてきた。「うちの近くなんて偶然だ」と上機嫌の誠二に、桑原は「そうだな」と返す。それを見ていた経理営業兼任の篠崎が溜息《ためいき》をついていた。

「何が偶然ですか……」

そうだ。偶然なんかであるものか。

おまえの近くが、よかったのだ。おまえの顔が見たかったのだ。おまえをおびき寄せたかったのだ。

　可愛い、可愛い、可愛い、おまえ。

　いい兄貴づらをしながら、そのじつ、おまえを抱き尽くす甘い夢に夜ごと溺れていたのだ。

　桑原はしょっちゅう誠二の身体に触れた。その髪に、頬に、肩に、背に。

「な、なに」

「可愛いなあ。誠二は」

　ほんとうに、可愛い。

「やめてよ。子供扱い」

　頭を撫で、背を抱《いだ》く。

　その感触を覚えてどう使うか、おまえは知らない。

　自分はどうしようというのだろう。

　手放せないのに抱きしめることもできない。

　自分が描いた工房の魔王の顔を見る。

　――「力が欲しいのか」。

魔王が定番の問いかけを、している気がした。

ああ、欲しいさ。どうしても欲しい。

あいつと、同じところに立っている実感が欲しい。


「暇ですねえ」

篠崎が口にする。

「そうだな」

桑原は同意する。

工房を立ち上げて五年。ディスプレイオブジェの仕事はほとんど入ってこず、工房の事務室で三人してビーズアクセサリーを作っていた。それを駅前で売って売り上げの足しにしていた。この工房を無理を言って借りた手前、とにかく家賃だけはきっちり払わないといけなかった。

篠崎は図書館で借りてきた本を参照しながら大きなビーズを指で、小さなビーズをピッキングツールで拾っている。

桑原は図面は見ずに組んでいた。

コピーした図を見ていた小野口が感心する。

「桑原さん、よくできますね。図面もないのに」

「あ？　ああ。一度やれば覚えるだろ？」

実際は、作らなくても完成品を見ればどこに何を入れればいいのか浮かんできた。

「いや、わからないっすよ？　普通は」

「そういうもんなのか？」

「才能はあっても仕事がないとどうにもならないですよ。忙しくならないかなあ」

篠崎がそう言って溜息をつく。小野口がうなずく。

「ここ最近で一番実入りがいいのが『ぐねぐねくんマキシマム』ですもんね」

ぐねぐねくんマキシマムとは、桑原がデザインしたバイブレーターだ。

アダルトグッズ会社からはまた作ってくれないかと打診があった。どうやらかなり売れたらしい。

「どうっすか。もういっそあの手のオモチャを専門にしたら」

「小野口、おまえなあ」

桑原は手を止めずにビーズを通しながら言う。

「そんなにちんこばっかり作ってられるか。勃《た》たせっぱなしにするの、たいへんなんだからな。今度発注受けたら、おまえのちんこ使うぞ」

それに。

「あれを作っているところは誠二に見せられねえ」

篠崎がうなずく。

「……ですよねえ。あのきらきらした目で見られると、正直、罪悪感が……」

あいつだって男で、もういい歳《とし》のおとななんだから、世の中にバイブレーターというものが存在し、ある程度の需要があることぐらい知っている……――そのはずだとは思う。それなのに、自分がそのバイブを作ったことを知られるのは、親にベッド下のエロ本を見つけられる以上に恥ずかしい。

コンペに送っては落ち、送っては落ち。

誠二と同じ高さに立ちたいという自分の願いは届かないのではないかと、桑原は思い始めていた。かなわぬ、過ぎた願いなのかと。自室から階段を降りるたびに「彼」と目が合う。工房を見つめる「魔王」。

「なあ」

口にしていた。

「俺はここまでか？」

魔王はただこちらを見つめている。

ようやくアミューズメントパークの内装アイデアのデザインが採用されたのは工房立ち上げから六年目のこと。それはハロウィン限定のお化け屋敷で小規模だったけれど、連日悲鳴が響く人気アトラクションになった。

仕事が増えた。

これはいいことのはずだ。それなのに、よりいっそう苦しみを招くのはなぜなのか。

桑原は思い知る。

欲は膨らむのだと。

ひとつ、ステージを上がるごとに、願いは大きくなる。桑原にとって「希望」は、その明るい語感とは裏腹に薄暗い確執を含んでいた。ほんの少しでも可能性があるうちは、すがらずにはいられない。

なんという業の深さなのだろう。

生殺しだ。

いっそあきらめてしまえればその時点で楽になれるのに、これがどこまで続くのか。

誠二が結婚したら、そうしたら思いを断ち切ることができるのだろうか。それとも、もしや……――一生、このまま、か。

誰もいない作業場でそんな考えを巡らせていたとき。携帯が鳴った。あまりにも、タイミングがよくて、いつもの携帯無精はどこへやら、つい取ってしまった。

『元気ー?』

「あ……。根岸、さん?」

根岸と会ったのは、桑原がまだ美大の二年生のときだった。当時からフランスでアトリエを立ち上げていた根岸だったが、彼の美術展が東京《とうきょう》で開かれることになり来日した際、美大に特別講師としてやってきたのだ。根岸は彫刻科の出なのに、どうしたわけか、アクリル樹脂でペーパーウェイトを実作しているデザイン科の教室にふらりと立ち寄った。

彼は学生の作品を見ていたが、桑原の「果実の思い出」と名付けた手のひら大のペーパーウェイトがいたくお気に召したようで、子供がミニカーを横から上から眺めるように、あらゆる角度から見つめていた。

そのペーパーウェイトは、青い水――海――の中にオレンジがかった黄色の果実が半分沈んでいるというものだった。果実の黄が滲んで海はエメラルドブルーに染まっている。

「君、出身どこ?」

訊《たず》ねられて四国《しこく》の都市の名を答えると、根岸は笑った。

「あー、だと思った。僕と同じ出身だ。故郷の海の色だもの、これ。あそこらへんの海って日の当たり方で青から、ちょうどそう、こんな緑色になる」

うんうんと彼はしきりにうなずいていた。根岸はすぐにまたフランスに戻ったのだけれど、それ以来、彼からはクリスマスカードが、桑原からは年賀状を送り合ってはいた。しかし、突然の電話だった。

『よかったよ。覚えていてくれて。忘れられてたらどうしようかと思った。君、どうでもいいやつのことってまったく眼中にないから』

ひやりとする。よく篠崎にそう言われて、直すようにはしている。もらった名刺の裏に本人の似顔絵をスケッチしておいて、それで顔と名前を一致させていることは工房の人間以外には内緒だ。

「いや、そんなことはないですよ」

いんだよね』

『責めてるわけじゃなくてさ。たぶん、脳の領域を自分が興味ないことに使いたくないんだよね』

反論できない。

『なんかさあ、こっちの美術館に君の作品が来ててさあ、見させてもらったんだよ。いいじゃない。どろどろしてて』

そういえばとある美術展に出品した小作品がフランスの美術館でも展示されると聞いた気がする。

あのさあ、と、彼はとんでもないことを提案してきた。じつに、さらりと。

『メゾン・エ・オブジェ、目指してみる気はないの?』

「はあ?」

メゾン・エ・オブジェ。

もちろんその名前は知っている。「インテリア業界のパリコレ」と称される国際見本市だ。

何を言ってるんだ、この人は。酔っているんじゃないのか。フランスって今は真昼だと思うが、ワインを数本きこしめしているのではあるまいか。

「いや、うち、三人しかいないんですけど」

『そんなこと、「メゾン・エ・オブジェ」の審査に関係ないことぐらい、知ってるだろ? 問われるのは、センスだよ。これからのインテリアデザインをになう、将来性のあるセンス。それが君にはある。そうだろう?』

「……どう、なんですかね」

ないと言い切れないから未練たらしくここまで来てしまったのだけれど。

『うちに来ない?』

「はい?」

『フランスに。メゾン・エ・オブジェでは通訳もつくだろうけれど、ある程度フランス語を話せるようにしておいたほうが有利だよ』

フランス? いきなりの話に頭がついていかない。

「工房オゴホゴを解散しろとおっしゃるんですか?」

『そうは言ってないよ。オゴホゴのみんなで来ればいいじゃない。じつは来年からちょっと忙しくなりそうでさ。手伝って欲しいんだよね。給料払うよー。部屋代ただだよー。部屋だけはたくさんあるんだよ、うち。セラーにワインいっぱいあるし、奥さんの料理はうまいし、いいところだよー』

この人の真意が掴めない。

『それでさ、どうせなら「now!」に出展して欲しいなあ』

「それこそ、むちゃくちゃですよ」

「now!」――メゾン・エ・オブジェ最先端カテゴリーでの日本企業の出展は、ここ数年ない。それほどに主催の審査は厳しい。申請しても実際に出られる確率は十分の一以下だ。

『そうだね。時間は確かにかかるかもしれない。でもさ、「now!」に出展となったら、箔がつくよ。どんな企業とだって胸を張って組めるんだよ』

ぞくりとした。

――どんな企業とだって胸を張って組める。

そう、確かに。早川ディスプレイとだって。むしろ、こちらが優位になる。

根岸が笑っている気がした。作業場の内壁を見上げる。あの魔王のごとき不遜《ふそん》で傲《ごう》岸《がん》な笑みを、彼は浮かべている。きっと。

大学に入るまで桑原は、とにかく自分の好きな色と形に囲まれて、平穏に暮らせればいいと考えていた。いや、篠崎や小野口と工房を立ち上げようという話が出たあとも、そこそこ喰っていけるようになればいいと思っていた。

だが。

――『早川ディスプレイ』っていうんだ。知ってる？

誠二の出自を知ったあのときから、自分は変わった。もっと大きく、広く、強くなりたいと願い始め、そちらに向かってあがき始めた。

どす黒い、御《ぎょ》しようのない、そのくせ熱い、感情を抱えて。

それの名は――「野心」。

もしかして根岸も、同じものを抱えていたことがあったのだろうか。この、飼い慣らすことのできぬ獣《けもの》を無為に育てていたことがあるのだろうか。

『どう？　五年かかったとしてもお釣りが来ると思うけど？』

壁の、魔王の顔を見つめる。

――どうする？　さあ、どうする？

楽しそうだな、おまえは。そんなに嬉しいか。俺がもがき苦しむのが。

のってやろう。

桑原は決意した。

どこまでいけるのかわからないが、いってやろう。

「今ある仕事を仕上げてからになりますけど」

『うん。いつ？』

納期の最後になる仕事。それは。あれだ。「虹色フクロウ」。よりによって早川ディスプレイの仕事。

これは何かの冗談なのか。もしくは運命か。

反対されると思ったのに、篠崎と小野口はフランス行きをあっさりと承諾した。パスポートを申請し、渡航の際に持っていくもののリストを決め、リースの解約を申し出た。工房の家賃は二年分、とりあえず口座に確保しておく。

「桑原さーん！」

篠崎に事務室から呼ばれて電話を渡された。

「何？」

「早川ディスプレイの営業さんからですよ」

営業？　「虹色フクロウ」のことだろうか。

「はい、桑原ですが」

しかし、営業の用件は違った。思いもかけないことだった。

『このたび早川ディスプレイが受注した高速のパーキングエリア内装をオゴホゴさん

にお願いしたいのですが』

　こんな小さな、無名の工房には大き過ぎる話だ。

　かつて「いつか一緒に仕事をしよう」と無邪気な瞳で残酷な提案をした少年を、桑原は思い出していた。誠二だ。それ以外、考えられない。

　今か？　このときにするのか？　これからなんとかチャンスを掴もうとしている、そして、この工房がまだその段階にないことを誰よりもよく知っている俺に、この話を。

　木の上から熟した実をもいでよこすように、仕事を恵んで下さろうというのか。

　もう苦笑いしか出ない。

「営業さんもたいへんですね。あれでしょう？　社長代理が言い出したんでしょう？」

『いえ。あの。こちらとしても御社なら充分に期待に応えて下さるものと……』

「実績もないのに？」

　営業が押し黙る。

　三人の工房。受賞歴も大きな仕事をしたこともない。

「たいへん申し訳ないのですが、その話はなかったことにして下さい」

『あの』

形ばかりだろうが、向こうは喰い下がってきた。

『せめて、一度お話を聞いていただく訳には参りませんでしょうか』

「うちの予定はあと五年は詰まっているので」

『それは残念です』

口ではそう言いながらも、営業がほっとしているのが伝わってくる。

断られて安堵《あんど》するくらいなら最初から電話などかけてくるなよ。相手が社長代理でも「聞けない」と突っぱねろよ。

だけどな。そのうち。

そうだ、そのうちきっと、あんたのほうから仕事を依頼してくるようになる。

傷つけられた自分のプライドが、何度目かになる決心をする。大きくなってやる。

認めさせる。

そのまま渡仏しようとしていた自分に寄ってきたのは誠二のほうだった。

「おまえが『うん』と言うまで、オゴホゴで暮らす」

真夜中、でかいスーツケースを引きずって、事務所のドアの隙間から入ってきた彼はそう宣言した。

ばかか。こいつは。

そのおきれいな顔に、自分がどんな劣情を抱《いだ》いているかも知らず。

寒い外で煙草《たばこ》を吸い、煙を吐く。台所の小さな窓が喫煙所を照らし出す。息は白く、煙草の煙と混じり、夜風にまぎれていった。

ふと、思った。この工房の建物、自分の城の中に誠二がいるのだ。口元がほころぶ。なんとも言えずに嬉しい気持ちになる。

階段を上がっていく。何もしない。何もしやしない。

誠二はきちんと眼鏡をベッド横のデスクに置き、両手を身体の脇に揃《そろ》え身体をまっすぐにして眠っていた。あまりに彼らしい寝姿にくすくすと笑いがこみ上げてしまう。ここしばらく、彼の顔をじっくり見る機会がなかったことに気がつく。

いや。

普通、他人の顔をそんなにつくづくと見ることなどないだろう。許されるのはデッサンモデルか恋人ぐらいで。

白い頬。まるで形づけられたみたいにカールしている長い睫毛。その睫毛が震えて持ち上げられる。

「……大介……？」

ああ、俺だよ。

そっと指を伸ばすと誠二の頬に触れた。それから顎のほくろを撫でる。産毛が指に触れてこそばゆい。


自分はもっと我慢強いと思っていたのに。結局は誘惑に打ち勝つことはできなかった。二人しておでん屋の屋台で飲んだ帰り、酔ったふりをして口づけを交わした。そうせずにはいられなかった。

逃げるチャンスは存分に与えた。彼を追うこともなかったし、来なくても連絡はしなかった。これっきり疎遠になったとしても今はしかたないとあきらめていた桑原のもとに彼はやってきた。のこのこと。

自分の中の獣《けだもの》が。口づけて、彼の感触と味を知った部分が、歓《よろこ》び跳ねていたが平然と迎え入れた。

あのとき篠崎が桑原の携帯に電話をかけてこなければ。いや。その電話に出ろと誠二が桑原のところまで持ってこなければ。

もう少しは待つことができただろうに。

自室から出て行き、階段途中で篠崎から再び電話がかかってきた。

『すみません。もうひとつの鞄《かばん》の中にありました』

二個も鞄を持ち歩いているとは、さすが篠崎だと感心する。桑原自身は図面を持ち歩くとき以外はなにもかもポケットに入れ、手はあけておく派だ。

二階に上がり、自室のドアをあける。

誠二が換気扇下で唇に煙草を挟んで固まっていた。

「あ、これは。その。煙草ってどんな味かなって。興味本位っていうか。それだけで」

いやらしい子だ。俺の味を知りたかったのだ。

なんだ。もっと教えてやるのに。

「あ、あの。俺、やっぱり、帰る」

もう手放すことはできなかった。この腕の中に封じ込め、貪《むさぼ》る。

熱い息でこたえる身体。この腕の中で彼をたわめ、いいように押し曲げた。うまく喘《あえ》げず、戸惑う彼の声の響き。

指で受け入れる場所を探り、穿《うが》つ。自分の指の節が通るたびに彼の身体は緊張と弛《し》緩《かん》を繰り返す。血が燃えたぎる。暴走しそうな情熱を押さえつけて馴《な》らす。

挿入するときに桑原は、雄の性器が矢印になっていることを再確認した。誠二の身体に潜り込もうとする矢印、だ。

その先っぽを飲み込んだところで、誠二がほっと息をつく。彼の勘違いに笑いそうになる。

「まだ、カリんところだから」

「嘘《うそ》、だろう」

泣きそうな顔がこちらの雄の本能をそそりまくる。

それでも慎重に身体を進めていたのに。

こうされて嬉しいと言われて、自分と自分の性器が有頂天になって彼を蹂躙《じゅうりん》する。

「誠二」

俺の、誠二。

「大介」

彼が押さえた唇は彼の精液で、そして愛で、濡《ぬ》れそぼっていた。

あんなに、こらえていたというのに。一度その身体を抱いてしまえば、落ちるように関係は深まっていく。

すでに心は相手に寄り添っていた。あとは身体だけだったのだ。求めて、受け入れて、馴染《なじ》んでいく。

キスをしながら腰が砕けていくのを手が知るのとか。指でほくろを撫でると息が熱くなるのとか。どう動けばたまらなくなり腰を動かしてくるかとか。

知れば知るほど、愛《いと》おしくなる。離れがたい、と思うほどに。


その日は、雪が降っていた。東京では珍しい、大雪だった。

スーツを着て、革靴を履き、髭を剃《そ》る。早めに着こうと思ったのに道が混んでいて、結局はきっかり時間どおりだった。早川ディスプレイ社長、早川誠二の父親は『割烹《かっぽう》ゆたか』の個室で先に待っていた。

「足が不自由なのでね。失礼するよ」

低めの和室用の椅子が、彼のために用意されていた。

誠二は父親には似ていなかった。ああ、でも。耳の形が。小さな愛らしい耳は、お父さんに似たのだ。

しばらくはたわいない話をしていた。今日降った雪のこと、業界の噂話《うわさばなし》や、海外の状況、それから「秘密の森の美術展」のこと。

料理を食べ終わり、話が一段落してしまうと、しばらくはただ沈黙だけが和室に満ちた。雪は音を吸い込んでしまうのだと、東京に来て初めて知った。静かだ。

「きみは……」

小声で、しかし底から響くように切り出されて「ああ、来たな」と思った。

「うちの子と付き合っているのかね」

直球だった。

これが、もっと持って回った言い方だったら逃げることができたのかも知れない。小ずるく振る舞うことができたかもしれない。

しかし、正面から、どこか痛いような視線で問われれば、その雰囲気が誠二と似ていてやはり親子なのだと内側深くを抉《えぐ》られる。そうされてしまえば、この心の真実を、どうしようもなさを、開いて示していくしかない。

「はい」

別れろ、と言われるのだろうな。そう覚悟した。

何を考えているのだと、桑原を信頼して誠二がオゴホゴに行くのを止めなかったのに、どうしてそんなことをしたのだと咎《とが》められるだろう、そう思っていたのに。

しかし。

誠二の父は、そうか、と言ったあと、無言で冷や酒を含み、そののち告げた。

「あいつが後ろめたくて親の顔が見れないようなことにだけはしないでくれ」

胸に突き刺さった。

後悔。

今まで誠二と関係したことについて一度もしたことがない後悔を味わっていた。

誠二から、兄のことは聞いている。目の前のこの人は、一度子供を亡くしている。その空虚さゆえに、誠二をどんなに大切に思ってきただろう。

誠二もそれを知っている。彼がまっすぐどこまでも素直なのも、親を気にして一週間に一回は帰るのも、会社を継ぐことから決して逃げ出さないことも、すべてここに起因している。

優しい一家。寄り添い生きてきた人たち。それなのに、自分はそれを掻《か》き乱した。

誠二にふさわしいと自分のことを納得できてもいないのに。欲望に打ち勝つことができなかった。

『割烹ゆたか』を出てオゴホゴに帰るタクシーの窓から、外の雪景色を見ていた。どこまでも、全部、埋まってしまえばいいと半ばやけになったように願った。

——フランスに、行こう。

決意していた。

予定していたとおり。そうしよう。

それでも。

「誠二」

事務所前で肩口に雪を纏《まと》わせながら待っていた愛しいいきものを目にすれば抱かずにはいられないのだ。

だって誠二。俺はおまえが好きなんだ。

可愛いんだ。

ずっと。出会ったときからおまえだけなんだ。

翌朝、バスで出勤してきた篠崎に、雪かきスコップを渡した。昔から雪かきのときは篠崎の独壇場だった。雪国出身の彼は桑原の何倍も早く雪を掻くことができる。

「誠二さんは？」

「寝てる」

「起こさなくていいんですか？」

「夕べ、つい、度が過ぎた」

篠崎はちょっと顔を赤らめたが、そのまま雪を掻きだした。やがて、意を決したようにスコップを雪に突き刺し、こちらを見て言った。

「フランスに、行くんですよね？」

「ああ。予定通りだ。四月には出発する」

「ちゃんと、伝えたんですか。そのことを。誠二さんに」

「いや」

「それはどうかと思います」と、篠崎になじられる。

「言いづらいのはわかりますが、ここまで桑原さんのことを想《おも》ってくれている誠二さんに、そんな仕打ちはないと思います」

雪を上に置くと崩れてくる。それを篠崎が掬《すく》って横から叩《たた》くようにして積み直す。

「誠二には、言わない」

彼が行ってもいいよと言ってくれたとしても。それまでここで待っているからと約束してくれたとしても。

ほんの少し、わずかに唇を歪《ゆが》めるとか、その瞳が潤んでいるとか、それだけでもう、自分の決意はしぼんでしまう。それほどに彼にいかれている。参っている。

「桑原さん、それはないでしょう！」

人影に気がついた。話をやめる。

起き出してきた誠二がこちらを見ていた。

「おはようございます、誠二さん」

篠崎がフランス行きをばらすのではないかと思った。先ほどの彼の剣幕からそうされても不思議はなかった。

桑原は次の出方を待った。しかし、篠崎は口を噤んでいた。

そのときに感じたのは、確かに安堵だ。間違いない。しかし、わずか。表面の雪に小石が混じるほどの割合で、失望が潜んでいた。誠二に白状してしまいたい、そしてこの蜜月を続けたいとどこかでは願っていた。

なに、どうしたの、というように誠二がこちらを見ている。

「怒られてたんだよ。俺の雪かきがなってないって」

そう言ってごまかして。別れを決定的なものにした。

「虹色フクロウ」を最高に仕上げた。持てる力のすべてを、注いだ。

これが、今のオゴホゴの最後の仕事になるのだから。

ずっと覚えていたい。

浴衣《ゆかた》一枚を羽織って誘惑してきた最後の夜のおまえを。

何度も何度も誠二の身体をこの手でなぞった。その線も、張りつめた肌も、美しい身体を形作る骨の形まで。

誠二はこの指が好きだ。桑原が誠二の身体に丹念にふれればふれるほど、その白く透き通りそうな身体に血が通うのがわかった。

おまえの会社と仕事をする、と約束した。だから帰れと。

おとなしく家に誠二が帰ったその日から、大車輪で渡航準備を進めていく。

メゾン・エ・オブジェへの出展申込書を仕上げ、パスポートを受け取り、リース機材を返却し、荷造りをする。

そのまま誠二に知られることなく旅立てるかと思ったのに。

「秘密の森の美術展」の取材に来たテレビキャスターがこちらにマイクを向けてきて「今後はフランスに拠点を移されるそうですね」と話しかけてきた。いったいどこでそれを聞いた?

ここで否定することはできない。覚悟を決めて「はい」と答えた。

予想したとおり、放映されてすぐに誠二がオゴホゴにやってきた。すっかり眠りについた工房に驚いている。

「フランスってなんだ。聞いてない」

ああ、よかった。おまえは怒っている。俺をなじろうとしている。

それでいいんだ。

そうだよ。俺はひどい男なんだ。

「おまえと、あんな関係になるべきじゃなかった」

これは間違いなく本音だ。

おまえにふさわしくもないのに、まだ全然そんなんじゃないのに。

頼むから。ほんの少しでも寂しい顔を、見せないでくれ。そうされたら、きっと俺はぐらついてしまう。それほどに、俺の芯におまえがいるんだ。

誠二。俺を非難し、責め立ててくれ。

俺が、旅立てるように。

フランスで根岸夫妻は桑原たちを快く迎えてくれた。

根岸のアトリエで彼を手伝いながら、「もし出展できたとき」のために製品デザインを進めておく。

この国には梅雨がない。初夏のからりとした日差しの中で誠二を思う。

共に暮らしていたのは、たかだか三ヶ月。恋人になってからは二ヶ月に満たない。

それなのに、今でもずっと自分の中心にいる。離れてなおさら恋しい。彼が。

フランスに来て気がついたことなのだが、自分は誠二の写真の一枚も持っていない。

あんなに一緒にいたのに。布一枚の隔てもなく何度も抱き合ったというのに。

インターネットで検索すると「早川ディスプレイの若き次期社長」として彼の写真が何枚も出てくるが、少し緊張したその面持ちは自分の知っている彼とは、似てはいるけれど異なる人物としか思えない。

自分の記憶の中にある彼を、きちんと形作っておきたかった。フィギュア用の粘土で彼の形を作る。些細《ささい》な差異が気になって、何度も作り直して。ようやく納得できるものができたときには二十体は作り直していた。

篠崎にはあきれられた。

「そんなことをするくらいなら電話して仲直りすればいいでしょう」

「だめだ」

仲直りとか。そういうことじゃないんだ。

あのときは悪かったと謝り、おまえを愛しているとささやき、彼が許したとしても。もしかして彼が自分がフランスに行ったことを認めてくれ、俺のために頑張ってくれと言ったとしても。それでは、以前と変わらない。そんなのじゃ駄目なんだ。まだ。そんなことはできない。

まだ。


そして、今。夜明け近く。


桑原の携帯が鳴った。

「……なんだよ。いったい」

寝ぼけ眼でベッドから枕元の携帯に手を伸ばす。表示された着信番号の最初が「+81」だった。日本の国番号だ。

ほどいた髪が邪魔だったので耳の後ろに掻き上げてから、携帯に出る。

「はい」

『こちら、「工房オゴホゴ」代表、桑原さんの番号でお間違えないですか』

日本からだというのに、その硬質な響きの女性の声には、フランス語の訛《なま》りがあった。

「そうです。私が桑原大介です」

『こちらはメゾン・エ・オブジェ日本オフィスです。おめでとうございます。御社「工房オゴホゴ」のメゾン・エ・オブジェ「now!」カテゴリーへの出展が決定したとさきほど主催側から連絡がありました』

夢？

違う。

俺は、来たんだ。

あの、一枚のござから、ここまで。メゾン・エ・オブジェ「now!」のブース獲得まで。そして、俺を運んできたのは、間違いなく誠二だ。

根岸の言うとおりだ。俺のミューズ。

自分が作った誠二の人形を見つめながら、日本からの電話の声を聞く。

『今年も「now!」カテゴリーはホール8と思われますが、詳細なブース配置決定はもう少々お待ち下さい』

「了解しました。ご連絡、どうもありがとうございました」

電話を切ったあと、窓から外を見る。六月の夜明けは早い。白々と明るさを増していく空を見つめる。これからするべきことが次々と浮かんでくる。

自分たちに割り当てられたキッチンでノートパソコンを立ち上げて「早川ディスプレイ」のサイトを閲覧した。ショッピングモールのデザインコンペ募集がある。〆切り時にはメゾン・エ・オブジェ九月展の出展リストが出回っているはずだ。話題性も実績もある。いいデザインが出せれば、勝算は充分にある。

まずは、ここからだ。

おまえと仕事をする。誠二。俺の会社と、おまえの会社で。

「桑原さん？　こんな早くから、どうかしたんですか？」

起きてきた篠崎が驚いている。

「なあ」

桑原は口にする。

「篠崎」

「シノ」ではなく名字を呼ばれた篠崎はびくりとした。

「メゾン・エ・オブジェ『now!』に、オゴホゴの出展が決まったぞ。それに加えて早川ディスプレイのショッピングモールコンペにうちからデザインを出すからな」

「え、ちょっと。待って下さい。わけわからないんですけど。出展、決まったんですか？　それとコンペが同時進行？　うち、メゾン・エ・オブジェ、初めてでそれだけでも手一杯なのに。無理ですよ。できません」

「できるかどうかじゃねえ。とにかくな、『やる』しかねえんだよ」

「桑原さん！」

近寄ってきた篠崎の首に腕を回してささやく。

「忙しいの、好きなんだろう？　ビーズ売ってた頃、そう言ってたよな。喜べ。これから三ヶ月、たっぷりそいつを味わわせてやるよ」

ここまでただひたすら、指先で崖を登るように上がってきた。ようやく誠二、おまえを見ることができる位置に立てた。

やっと始めることができる。もう一度、おまえと。

なんて言おう。どうすればいい。

今もおまえの中に俺はいるのだろうか。

そうだとして、おまえは俺を許してくれるだろうか。

わからない。

けれど。

「『やる』しかない」

そうだ。どうにかするしかないのだ。なんとしてでも。

踊る象の夜

この家の茶の間には象がいる。

本物の象ではない。三年前、この家を買って引っ越した次の日、まだ日用品の段ボール箱も開かれずにある脇で、桑原《くわはら》が目を輝かせて描いたものだ。

踊って跳ねてぐるりと壁一面を行進している。象の肌のごわついた感じや長い鼻の皺《しわ》はやたらリアルなのに、みなきらびやかな赤い布を背中にまとい、頭にも飾りをつけていて、こちらを見ている目は好奇心に満ちている。おかげで茶の間がやたらと賑《にぎ》やかだ。

早川誠二《はやかわせいじ》は手にスーパーの袋を提げて帰ってきた。その象たちが見守るなか茶の間を横切り、台所に向かう。

——なあに？　なに買ってきたの？

象たちに言われている気がする。

台所は出窓があって明るい。この平屋は細い路地の行き止まりに位置していて、建て替えることができない。そのため、銀行では資産価値無しとして金を借りることができなかったのだが、ある程度貯金のあった誠二と桑原にとっては土台さえしっかりしていれば問題ないことだった。床を張り替え、畳替えをして、時代を経てきた感じは残しつつも、使いやすくリフォームした。

台所はもっとも手を入れたところだ。タイル張りの壁は元のままだが、使い勝手がいいように棚やフックをつけている。ここに立つと今は滅多に足を踏み入れることがない、工房オゴホゴの土間のままの台所を思い出す。

「さて、と」

台所の隅にある丸テーブルの上に買い物袋を置いた。そこにある猫足の椅子の上、畳んで置いていたストライプのエプロンを着ける。

今日はいつもよりていねいにだしを取ろう、と誠二は思う。

昆布《こんぶ》を鍋に入れると水を入れ、火を点《つ》ける。その間に鰹節《かつおぶし》をかいておく。かんな状の削り器ではなく丸いハンドルを回せば削れる器具があるので、危なくはない。小さな引き出しにいっぱいになるまで削るのにそれほど時間はかからなかった。ガスにかけていた鍋がふつふつとしてきたところで昆布を引き上げ、火を止める。細かい羽毛のように軽い鰹節の細片を手でつかみ取り投入してから、漉《こ》す。

次には本返しを作る。鍋にみりんを入れ煮詰めていくと、いきなり火がつく。最初は大騒ぎしたものだが、今はアルコールが飛び自然と火が消えるのを落ち着いて待つことができる。

コクが欲しいので、本返しには白砂糖ではなく黒砂糖を入れることにする。さらに醤油《しょうゆ》を加えて黒砂糖を煮溶かしていく。

玄関の扉が開く音がした。茶の間の象たちが嬉《うれ》しげに騒ぐ。

——帰ってきたわ。帰ってきた。

「たーだいまー」

やはり桑原だった。

「お帰り」

菜箸《さいばし》を片手に肩ごしに彼を見る。桑原は大股に近づいてくるとコンロにかかっているだしと本返し、それから丸テーブルの上のスーパーの袋を見た。

「今日の夕飯はなんだ?」

「鍋焼きうどん……——と言いたいが、ひとり用の鍋がないから土鍋うどんだな」

「いいねえ、うどん。寒くなってきたからしみるねえ」

日本酒を出してもいいかと聞かれたのでうなずくと、彼は酒用の冷蔵庫から日本酒のひやおろしを出してきて「魔女の館」シリーズの酒器に注ぎ、飲みながら自分も生成り麻のエプロンをした。

「手伝わなくてもいいぞ、大介《だいすけ》。風呂に入ってきても」

「うん? 作業場のほう、見てきたんだけどさ。ほんと、見てきただけだから汚くはないんだ」

オゴホゴは工房は元のまま、隣に本社屋を建てた。

「今日は休みだから誰もいなかったし。作りかけのものにさわっただけだ」

「平日に行けばいいのに」

「あそこの責任者は小野口《おのぐち》だからな。いやがるんだよ、俺が行くとみんなが緊張するからって」

誠二はくすっと笑う。自分たちにとっては「気さくな桑原さん」であっても、メゾン・エ・オブジェ以降に入ってきた社員にとっては敏腕社長かつ、世界に華麗なデビューを果たした偉大な成功者なのだろう。

「仕事が好きだな、大介は」

「うん、好き。おまえは？」

「そうだな。たまには、いいことがあるかな」

中学の頃はほかに道がないことを嘆いていた。だが、桑原と出会うことによって自分の将来図をようやく描けるようになったような気がする。

今では「早川《はやかわ》ディスプレイ」と言えばみながイメージするのは工房オゴホゴとの共同デザインが主だ。早川ディスプレイは業界三位から脱して今は二位、トップに追い迫る勢いになっている。

「ほんと、いい匂いだな、だしって」

「必須アミノ酸の宝庫らしいぞ。疲れたときにはこのだしの匂いがなつかしくなるな。今夜のこれは特にじっくり作りたかったんだ」

今日、「ヴェーク」のクリスマスデモが終了した。

某都内老舗《しにせ》百貨店では、クリスマスシーズンになると正面すぐの吹き抜けに高さ七メートルのクリスマスツリーを飾る。ツリーお目見え初日に「ヴェーク」——ドイツ語で「小さな道」——という木のレールに小さな金属のボールを走らせることによって仕掛けが展開する輸入玩具のデモイベントを行うことになり、アトラクション設営を早川ディスプレイが請け負い、工房オゴホゴがギミックを担当していた。昨晩、最後の調整のときにツリーの仕掛けと床のドミノが一部展開してしまうアクシデントがあったものの、開始時間までに無事にやり直すことができ、大好評のうちにデモは終了した。

楽しそうに見ていた人たちの表情が誠二の心を温め、その熱が今も胸を去らない。

「お疲れ様。トラブルがあったと聞いていたんで心配したけど、イベント、うまくいってよかったな」

「もしかして、今日のデモのとき、来ていたのか？」

「あたりまえだろ。サンタとトナカイはうちの仕事だ。お客さんの反応も気になるしな」

「声をかけてくれればよかったのに」

「いいの。こっそり見たかったんだから」

ほうれん草を茹《ゆ》でながら誠二は話す。

「昨日の夜、滝本《たきもと》物産のイベント担当の主任がおにぎりを作ってくれたんだ。炊きたてを握ったらしくてまだ温かかった。やり直しがほとんど終わってほっとしていたせいか、やたらおいしかったよ」

いいイベントだった。家族連れもたくさん来ていて。

「あの百貨店ではクリスマスツリーを立てるときには、昔から何かイベントを行うんだ。うちの家族も毎年、楽しみに見に来ていた。父は多忙だったが、兄と、母と、俺とで」

もういない。いなくなったあとのほうが長くなってしまった兄。写真を見なければ、その顔を思い出すこともできなくなっている。薄情者だ、自分は。

でも、一緒にクリスマスツリーを見に行った、その記憶だけは。楽しかったという上澄みのように透き通った思いだけは。自分の中に確かに残り続けている。

「楽しいひとときはずっとあとになって宝物になると知った。そうしたら、今度は自分が返したくなったんだ」

思いは、かなった。

桑原が誠二の肩を抱く。ふたり寄り添う形になる。

「そっか」

「うん」

短い会話を交わすと、身体《からだ》だけでなく心もぴったりとくっついた気がする。

誠二が柚子《ゆず》の皮をピーラーで剥《む》き、桑原がそれを包丁で細かく刻んだ。柑橘類《かんきつるい》の香りが台所に満ちる。

鶏肉《とりにく》、椎茸《しいたけ》、ほうれん草、かまぼこ、落とし卵、海老《えび》の天ぷら。そしてだしに染まったうどん。そこに車麩《くるまぶ》を入れるのは、桑原の好物だからだ。

茶の間で象に囲まれながら食べる。

――いいわねえ。

――おいしそうね。

――今日は寒いもんねえ。

象たちは鼻を鳴らして匂いをかいででもいるかのようだ。

「大介。なんか」

誠二の箸が止まる。桑原は平気な顔で食べていたが、どうした？　と聞いてきた。

「これ、落ち着かない」

「何が？」

この、象たちに、と誠二はぐるりを視線で示す。

「うどんがおいしそうだと囃《はや》し立てられているみたいで」

大介はくくっと笑った。

「なんだよ」

「可愛《かわい》いなあ、誠二は」

「可愛くないぞ。俺のことをいくつだと思っている」

「そういうのは関係ないんだよ。ああ、もう、ほんとにたまらないなあ」

嬉しそうに桑原は箸を持ったまま誠二の頬に自分の頬を合わせてきた。無精髭《ぶしょうひげ》がこそばゆい。

「見せつけてやればいいだろ、ほんとにこの鍋焼き？　土鍋？　なんだ、とにかくうどん、うまいんだから。特に車麩がいいよな。すべてのうま味を吸い込んで」

互いの取り皿と土鍋ひとつ。それらを流しに運ぶと、エプロンを着けて誠二は洗い始める。

「簡単でいいな、鍋だと。……あ」

落とし込んだ卵が、土鍋の内側に付着している。

「なんてことだ」

たわしを手に取ると、こすり始める。

「なあ、そんなのあとにしろよ」

満腹になったら構って欲しくなったらしく、桑原が背後でうろうろしている。

「あとだと取れづらくなる」

「もっとだいじなことがあるだろ」

「だめだ。ここでちゃんとこそげておかないと……――」

途中で言葉が途切れてしまったのは、桑原が背後からエプロンの胸当て部分に手を入れてきたからだ。背中にぴったりと彼の身体が押しつけられている。髪や身体や。それらからいつもは意識しない、桑原の匂いがしている。それを鼻ではなく、皮膚が感じ取って表面から奥へと侵食してきて、もやつくみたいに腰の奥を重くする。

それから、指。

自分が彼の指をどんなに好きか、触れられるとどうなるか。何度も共寝してわかられてしまっている。

その、指が。

自分の、すでに待ちわびている胸の突起に這《は》い進み、ぞろりとシャツの上から撫《な》でられた。

「ちょっと待てって……卵……」

「待てねえ。ここんとこ忙しくてずっとお預けだったたんだから」

「それ、俺のせいだけじゃ……ん……っ」

桑原も複数の企業の年末年始ディスプレイデザインの最終チェックで多忙で、同じ家にいながらほとんどすれ違うだけの生活が続いていた。

きゅうっと切ない欲求が身体の深くから生まれている。勃《た》たせて、出したい、ではない。全身を、くまなく、どこまでも、可愛がって欲しいと訴えている。

「あ、ん……っ！」

とても鍋を洗うどころではない。

硬い指先に乳首をつままれながら、首筋を舐《な》め上げられる。

彼の息が熱く耳たぶにかかった。

ああ、きっと桑原は「悪い」顔をしている。誠二の身体が陥落するのを待っている。

この唇がほどけて快楽を乞うのを待ち望んでいる。

ざらっと無精髭が耳元をかすめた。誠二は音《ね》を上げた。

「大介……」

自分でもどうかと思うほどの甘ったるい声で誘いかける。

「うん？」

「したい。すごく。大介と」

こんなに切羽詰まっていて真剣に求めているのに、いつだって言葉は切れ切れで拙《つたな》い。

甘やかな懊悩《おうのう》のように、体内で欲望が膨れあがっている。疼《うず》いて、相手を求めている。桑原を。彼だけを。

寝室は和室から洋室にリフォームした。シンプルな部屋に大きなベッドが幅を利かせている。

その上で誠二は、発情して雄を誘う獣《けもの》みたいにうつぶせ尻を上げている。

「これが好きか？」

開いた両の腿《もも》の間に背後から桑原の硬いペニスが差し込まれる。すでに勃《た》ち上がった誠二のペニスに、中太のたくましい彼の性器がこすれる。筋の入った敏感な裏側を桑原の突端で擦りあげられて、息がうまくできない。

ぞくぞくと限界まで、糸一本のぎりぎりまで、官能は引き延ばされ与えられ続ける。

「好き」

好きだ。おまえの指の使い方が。声が。意地悪く、そのくせ優しい抱き方が。好きで好きでたまらない。

それから自分を求めて屹立《きつりつ》する桑原の硬いペニスが。大好きだ。

腰が引かれて抜き取られ、受け入れるところに指を当てられる。ああ、自分はどんなにか彼の指で暴かれるのを待っていた。ひくつくくらいに。誠二の身体がジェルを纏《まと》った指を、飲み込んでいく。

指を、入れられているだけなのに。丹念に、ほんの少しも傷つけないようにとろとろと、まるで蜜のありかを教えるミツバチのダンスのように内部を指でなぞられれば、もう、おまえが欲しくてたまらないとねだらずにはいられない。

「ああ……」

眼鏡《めがね》は外していて。ベッドにうつぶせていて。繋《つな》がる部分は見えないけれど、何度もしてるから、わかる。いま、先端のカリ部分がこの身体をこじあけている。一度、開かされ、閉じる。

「ふ……」

二人とも、呼吸が荒い。気持ちは急《せ》いている。早く、隙間《すきま》なくぴったりとどこまでも深く繋がりたいと切望している。けれど、桑原の凶悪な形を受け入れるには、最初に時間をかけないときついのだ。

こんなにひとつになりたいのに。

上半身が埋もれるくらいにベッドにつけて左手同士を結び合って、右手でシーツを掴《つか》んで。彼の右手に腰を抱かれている。

「苦しいか?」

彼が聞く。

「うん、苦しい。けど」

付け加える。

「すごく、気持ちいい」

「そうか」

桑原の声にはどこか誇らしげな響きがある。

口や指で彼の勃起したペニスを愛撫《あいぶ》してやるときにいつも誠二は驚嘆する。これを。こんな口にあまりそうな大きさを、どうして受け入れることができるんだろう。

「く……あ……っ」

手を強く握って身もだえしながら受け入れていく。桑原のペニスを、今度こそ、最後までおさめていく。誠二の身体に侵入しきったあと、桑原はしばらく動きを止めていてくれた。

「ん……」

この前したときからの時間を埋めるように。これが恐《こわ》くないのだと思い出すまで。

もう平気、と、肩ごしに彼のほうに視線を送ると、そっと桑原が動き始める。ほんの少し——それとても誠二にとっては身体に響くほどの衝撃なのだけれど——引き、またおさめる。小刻みな動きを繰り返し馴染《なじ》ませてゆく。

「ああ……——」

なんだかジェットコースターに乗ったみたいだ。小刻みにカタカタと頂上まで運ばれていく。

そしていきなり降下が始まるのだ。

今まで車体を保持していたくさびが離れたように、上から突き落とされるように、腹の中で桑原が激しく抽送を繰り返し始める。凄《すさ》まじい勢いに呼吸さえ危うくなる。ただ喘《あえ》ぎ、名を呼ぶ。

手が離された。

身体から桑原が出ていく。

「え」

まだ全然足りていない。もっと欲しい。まだ。

「なに」

「こっち」

桑原に身体を返される。常夜灯のあかりは心許《こころもと》ないし、眼鏡をかけていないのでよく見えないけれど、桑原が微笑《ほほえ》んでいることがわかる。無我夢中で彼を求めている誠二を見て。

仰向《あおむ》けの身体に桑原が覆い被《かぶ》さってくる。一度開かれた身体は彼に従順で、侵攻を拒まない。存在感にかすれた声をあげるのだが、それは不快からではなく、むしろとても大好きなものを手にしたときの歓声に近い。桑原の指が臍《へそ》の横のほくろを見つけて触れてくる。そして顎《あご》のほくろに舌先がつけられたので、誠二は唇を開き舌を差し出した。

ごく軽く彼が舌を噛《か》んだ。それから舌を絡ませ合う。深く。深く入ってくる。舌も。ペニスも。

ああ。

自分は笑っているな、と思う。最初にしたときから笑えてしかたなかった。ふざけているわけではなく、彼とセックスという特別な行為をしていることが嬉しくて、つい、笑み崩れてしまうのだ。

自分の男、愛する相手、ただ一人、心底欲しいと願った相手に求められ抱かれている、この、ありきたりで物凄《ものすご》い奇跡に浮かれてしかたなくなる。

桑原を引き寄せれば彼の舌は耳に這ってきて、その息、二人の欲望を混ぜるために漏らす声が響いてくる。

「ああ、もう……」

あまりにも歓喜に満たされて。足を絡めて抱きしめずにいられない。

「動けねえよ」

桑原は苦笑すると誠二の身体を持ち上げた。あぐらをかいた上に座らされる。桑原の横腹を腿で挟むようにして深く受け入れさせられる。

「大介……！」

こうして身体を密着させている相手が桑原だとわかっている。それなのに彼の背を抱き、あかしをよこせとばかりに腰をうねらせてねだる。

「もっと？」

桑原に問われる。うなずく。

「もっと」

首に手を回して揺さぶられ続けている。

「ふ、う……」

彼の腹との狭い隙間で誠二のペニスは押さえられ揉《も》み込まれて、白濁を放つ。それでもまだ自分の中の桑原は勢いを失っていない。

もっと。一ミリでも深く。ほんの少しでもこの身体を押し広げようとあがき続けている。余韻の中で浮上し続けて次第に周囲が霞《かす》んでくる。

頭の、芯の芯まで陶然となる。それから。

「あ……っ！」

全身がわななないた。感電したみたいに、髪も肌も性器も、さらに身体の奥深くまでがびくびくと震えた。

かすかにうめいたのは自分ではなく桑原のほうで。目を伏せた彼は、ちくちくと痛い無精髭を誠二の右顎につけて、奥の奥に精を放った。

長く、吐精は続く。

まるで絞り尽くすみたいに。誠二の体奥は震えている。

そののちに。

互いの身体が弛緩《しかん》した。

「すごかった……」

二人共に息が荒い。誠二は桑原の汗ばんだ背中に手のひらを這わせ、ぺたぺたと感触を確かめる。

「うん？」

誠二の腰が彼の腿に乗っているので見下ろす形になる。誠二は身を屈《かが》めるとざりざりと舌で彼の無精髭を舐めた。

「くすぐってえよ」

どうして桑原の髭はこんなふうになるんだろう。自分は伸ばしても、柔らかい産毛のような髭が申し訳程度に生えるだけだ。

指で彼の左のピアスを弄《もてあそ》びながら、右の頬にキスをした。

「あ……」

再び体内で桑原のものが硬くなり始めていた。

くくくっと桑原が笑っている。

「俺のこいつが」

そう言いながら彼はかすかに腰を揺らす。その動きが誠二の身体をざわめかせる。

「おまえの中にあるこれがさ、誠二のこと、気に入ってるんだって。好きで好きでしょうがないんだって」

どうする？と言いながら彼の指が背中のほくろを押さえる。

いいよ、と請け合う。そうして、欲しい。

言ってから誠二は正気に返って耳が熱くなるのを感じる。すごいことを言ってしまった。

「俺の中でたくさん、出して。いっぱい」

だけど。

事実なんだ。自分が気持ちいいだけじゃなく、桑原が欲情してくれると、この身体の中に多量に精を吐いてくれると、とても幸せになるんだ。

「俺って、淫乱なのかな……」

つぶやくと、「ばーか」と甘い声でからかうように言われる。

「ひとりの相手をとことん求めるのは淫乱じゃねえだろ?」

きゅうと抱きしめられ頬をすり寄せられ、軽く唇にキスされる。

「こういうのはさ、愛が深いって言うんだよ」


夜更け。ふっとベッドで誠二は目を覚ます。喉が渇いた。

セックスのあと、後始末も早々にとにかくパジャマを着て寝入ってしまった。自分を抱いていた桑原の腕を、彼が目を覚まさないようにそっと剥《は》がし、ベッドを降りる。

眼鏡をかけて裸足《はだし》のまま台所に行くと、洗う途中の土鍋が放置されていた。湯を出して卵をこすって落とす。

それからコップに水を汲《く》むと一息に飲む。おいしい。飲み終わるとコップを洗い、シンク横の水切り籠《かご》に伏せて置いた。

視線を感じて振り向くと、茶の間から象たちがこちらを見ていた。

冷やかされている気がする。

——いいわね。

——いいことしてきたんでしょ。

——気持ちよかったんでしょ。

桑原の絵は猥雑《わいざつ》で饒舌《じょうぜつ》で騒がしい。

誠二は象たちに小声でささやく。自慢するように。

「いいだろう」

寝室の引き戸があいた。

「誠二？」

上半身に何もつけていない恋人が寝ぼけ眼で台所に出てくる。

「なんでもない。起こしたか？　すまないな」

「目が覚めたらおまえがいなかったんで、寂しかっただけだ」

さっきあれほど、この身体の中で暴れ回っていたくせに。

「大介。おまえは可愛い男だな」

彼を引き寄せ口づける。そんな自分を、茶の間の踊る象たちが楽しげに見守っていた。

あとがき

『どうにかなればいい』のご読了、ありがとうございました。

フルールさんから二冊目の本を出していただけることになったとき、担当さんから「今度はまったく違う感じにしましょう」とのお話がありまして、ぐるぐるぐるぐる考えた末にこういう物語になりました。都内片隅の川沿い、ちょっと下町な工房を舞台としたラブストーリーでございます。

工房の名前である「オゴホゴ」のとおりに、たいへん賑《にぎ》やかな、わあわあしたお話になりました。読まれる皆様方にはこの工房の作り出す色と形、桑原《くわはら》さんと早川《はやかわ》さんの恋模様を楽しんでいただけると嬉しく存じます。

早川さんは前作『うなじまで、7秒』の「黄金《きん》の泡まで、一夜《ひとよ》」にちらりと出てきております。挿し絵がないのでご記憶に薄いと思いますが、読み返すときに心にとどめておいて下さるとまた一興かと存じます。

表紙と挿絵は光栄にも、ふたたび高崎《たかさき》ぼすこ先生に担当していただきました。高崎先生のイラストが完成していくところを拝見しつつ、私は何度身悶《みもだ》えたことか。本当にありがとうございます。

また、担当のＳ様には、この、手に余りそうなテーマを選んでしまった私に根気よくおつきあいいただき、たくさんのアドバイスを賜《たまわ》りました。お礼申し上げます。

この一冊の本を出すために関わって下さったたくさんの方々と——

何よりも、読んで下さる読者様に深く深く感謝しつつ。

まだ物語の岸辺からボートを漕《こ》ぎだしたばかりの私ですが、どうかまたお会いできますことを。

ナツ之《の》えだまめ　拝

2人の出会いのシーンが
とても印象的でした。
ありがとうございました！
BOSCO.T 2014

心より先に、身体が恋を知った——。
うなじまで、7秒
Unajimade,nanabyou by Edamame Natsuno
ナツ之えだまめ
Illustration 高崎ぼすこ
Bleu Line
彼はいつも、自分を見ていた——。魅力あふれる取引先の男・貴船笙一郎に、突然エレベーターでうなじに口づけられた佐々木伊織。その熱を忘れようとしても、貴船の手が、指が、唇が、伊織の身体に悦楽を刻み込んでいく。深い快楽を身体が知っても、逢瀬の合間に愛をささやく彼の心だけが見えない……。貴船の手慣れた愛撫ゆえに彼の言葉を信じられない伊織が取った行動は？　相手のすべてが欲しいと、狂おしく焦がれる恋。
好評既刊

ほら、力抜いて。
怖くないから。
好きって言うから聞いていて
Sukitteiukarakiiiteite by Yuyu Aoi
葵居ゆゆ Illustration 小嶋めばる
Bleu Line
「俺がセックスばかりしないように、見張ってくれない？」そう言って突然、宇唯達季の部屋を訪ねてきたのは隣に住む男・天場帝介だった。セックスばかりで恋愛できない自分を変えたい、協力してほしいと懇願する天場。断固拒否する達季だが、人嫌いなはずなのに触れてくる天場の手の温もりは心地よく感じてしまって……愛＝気持ちイイHだろ？な性欲おばけ男VS人間嫌いな潔癖症DT(童貞)、ふたりが知る本当の愛のかたちは？
好評既刊

もう誰も愛せない、
そう思っていたのに――。
ナイトガーデン
Night garden by Michi Ichiho
一穂ミチ
Illustration 竹美家らら
Bleu Line
静かな山の中で祖父と暮らす石蕗柊のもとに、祖父の昔の教え子だという男・藤澤和章が訪ねてくる。このまま一生山を出ずに生きていく、そう思っていた自分はなんて狭い世界しか知らなかったんだろう……生まれてはじめて触れた人の肌の熱さに和章への想いを自覚する柊。だが彼の瞳はいつも柊ではない“誰か”を見ていた……。「ふったらどしゃぶり When it rains, it pours」から一年、消えない傷を抱えた和章の愛と再生の物語。
好評既刊

愛していても抱けない。
——抱きたい、愛しあいたい。
ふったらどしゃぶり
When it rains, it pours
Futtaradoshaburi by Michi ichiho
一穂ミチ
Illustration 竹美家らら
Bleu Line
同棲中の恋人とのセックスレスに悩む一顕。報われないと知りながら、一緒に暮らす幼馴染を想い続けている整。ある日、一顕が送信したメールが手違いで整に届いたことから、互いの正体を知らぬまま、ふたりの奇妙な交流が始まった。好きだから触れてほしい、抱き合いたい——互いに満たされない愛を抱えながら、徐々に近づいていくふたりの距離。降り続く雨はやがて大きな流れとなってふたりを飲み込んでいく——。
好評既刊

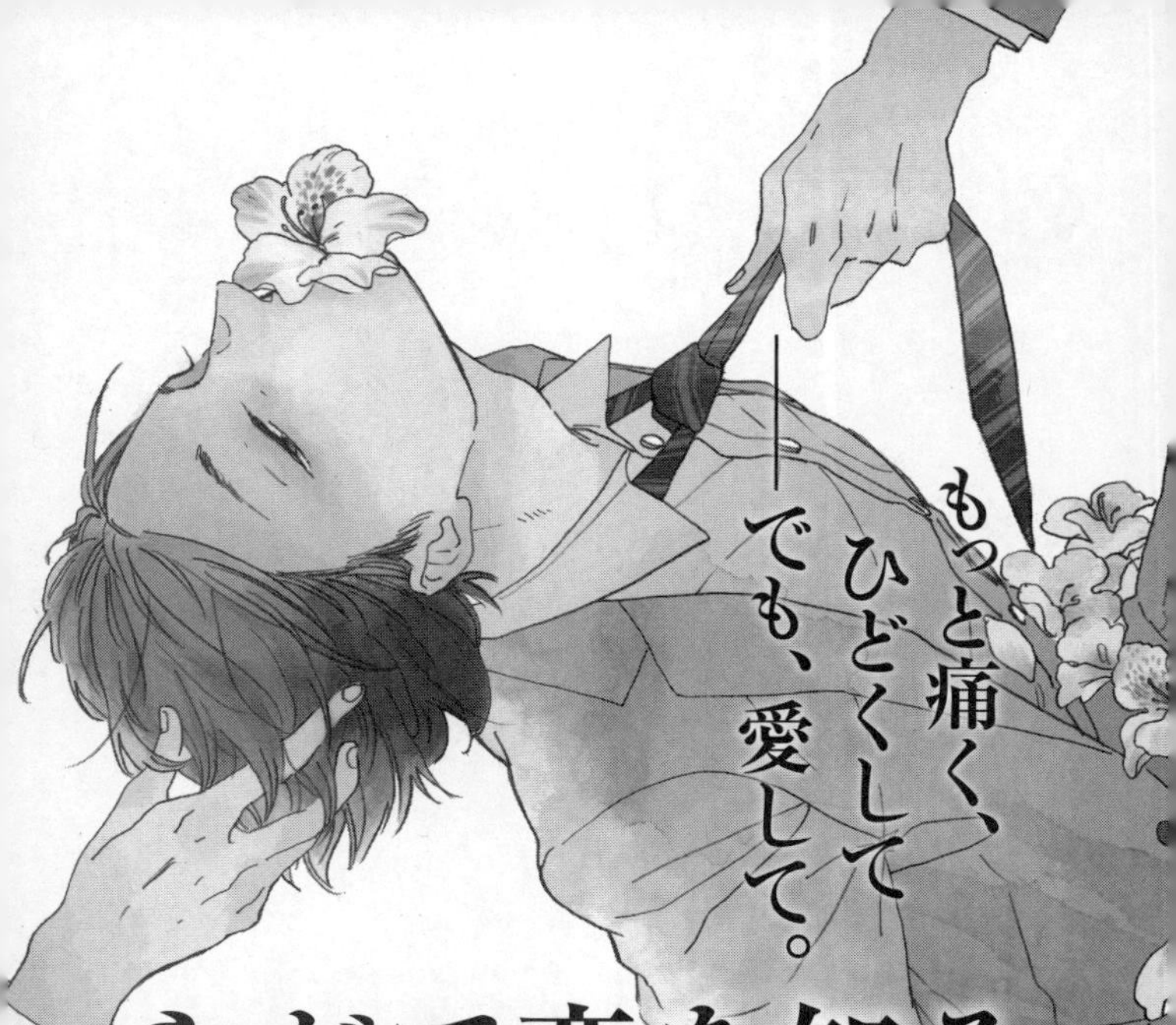

やがて恋を知る

Yagatekoiwoshiru by Yuyu Aoi

葵居ゆゆ Illustration 秀良子

Bleu Line

安曇には週に一度、秘密の「ご褒美」がある——それは、義兄である杉沼から与えられるみだらな罰と、その帰り道で会社の部下・史賀に優しく甘く抱かれる時間。初恋のひとでもある杉沼がもたらす痛みを伴った快感と、史賀から向けられる真摯な愛情の間で、安曇の心は揺れ動く。快楽に弱い自身の身体を厭うあまりに、愛し愛されることに臆病になり心を閉ざしてしまった安曇を救うのは果たして——。

好評既刊

fleur label

どうにかなればいい

発行日　　2014年7月15日　初版第1刷発行

著者　　ナツ之えだまめ

発行者　　三坂泰二

編集長　　波多野公美

発行所　　株式会社 KADOKAWA
〒102-8177　東京都千代田区富士見2-13-3
03-3238-8521（営業）

編集　　メディアファクトリー
0570-002-001（カスタマーサポートセンター）
年末年始を除く平日10:00～18:00まで

印刷・製本　凸版印刷株式会社

ISBN978-4-04-066907-6　C0193

© Edamame Natsuno 2014
Printed in Japan

http://www.kadokawa.co.jp/

※本書の無断複製（コピー、スキャン、デジタル化等）並びに無断複製物の譲渡および配信は、著作権法上での例外を除き禁じられています。また、本書を代行業者などの第三者に依頼して複製する行為は、たとえ個人や家庭内の利用であっても一切認められておりません。
※ 定価はカバーに表示してあります。
※乱丁本・落丁本は送料小社負担にてお取替えいたします。カスタマーサポートセンターまでご連絡ください。古書店で購入したものについては、お取替えできません。

イラスト　高崎ぼすこ

ブックデザイン　ムシカゴグラフィクス

編集　白浜露葉

フルール文庫をお買い上げいただきありがとうございます。
この作品を読んでのご意見、ご感想をお待ちしております。

ファンレターのあて先
〒150-0002　東京都渋谷区渋谷3-3-5　NBF渋谷イースト
株式会社 KADOKAWA　フルール編集部気付
「ナツ之えだまめ先生」係、「高崎ぼすこ先生」係

二次元コードまたはURLより本書に関するアンケートにご協力ください。

●スマートフォンをお使いの方は、読み取りアプリをインストールしてご使用ください。（一部非対応端末がございます）●お答えいただいた方全員に、この書籍で使用している画像の無料待ち受けをプレゼント！●サイトにアクセスする際や、登録・メール送信時にかかる通信費はご負担ください。

http://mfe.jp/zkz/